NIC STONE

Nick Stone nació en los suburbios de Atlanta, Georgia. Después de graduarse del Spelman College, trabajó intensamente como mentora de adolescentes. Vivió en Israel varios años antes de regresar a Estados Unidos. De esa variedad de culturas, religiones e historias entre las que creció nace su absoluta capacidad para dar voz a personajes muy diversos. En *Querido Martin*, su primera novela, se propuso examinar conflictos actuales desde las enseñanzas del Dr. Martin Luther King Jr.

Stone vive en Atlanta con su esposo e hijos. Puedes encontrarla en X y en Instagram como @getnicced, y conocer más sobre su trabajo en nicstone.info.

QUERIDO MARTIN

NIC STONE

Traducción de
Hugo López Araiza Bravo

VINTAGE ESPAÑOL

Penguin
Random House
Grupo Editorial

Originalmente publicado en inglés bajo el título *Dear Martin*
por Crown Books for Young Readers, un sello de Random House Children's Books,
una división de Penguin Random House LLC, Nueva York, en 2017.

Primera edición: mayo de 2025

Publicado por Vintage Español®, marca registrada
de Penguin Random House Grupo Editorial USA, LLC
8950 SW 74th Court, Suite 2010
Miami, FL 33156

Traducción: 2025, Hugo López Araiza Bravo
Copyright de la traducción © 2025, Penguin Random House Grupo Editorial USA, LLC
Fotografía de cubierta: © 2017, Nigel Livingstone
Diseño de cubierta: Angela Carlino. Adaptación de PRHGE

Impreso en Colombia / *Printed in Colombia*

Información de catalogación de publicaciones disponible
en la Biblioteca del Congreso de los Estados Unidos

ISBN: 979-8-89098-262-9

25 26 27 28 29   10 9 8 7 6 5 4 3 2 1

Para K y M.
Sean su mejor versión.

Y para Casey Weeks.
He saldado mi deuda.

CREO QUE LA VERDAD DESARMADA
Y EL AMOR INCONDICIONAL
TENDRÁN LA ÚLTIMA PALABRA.

Reverendo Dr. Martin Luther King, Jr.
Discurso de aceptación del Premio Nobel de la Paz,
10 de diciembre de 1964

PRIMERA PARTE

CAPÍTULO 1

Desde el otro lado de la calle, Justyce la ve claramente. Melo Taylor, su exnovia, está tirada junto a su Mercedes en el concreto húmedo del estacionamiento del FarmFresh. Le falta un zapato, y el contenido de su bolso está desperdigado a su alrededor como las entrañas de un lanzador de confeti. Sabe que está fundida de ebria, pero esto es demasiado, incluso para ella.

Jus niega con la cabeza y recuerda la mirada de juicio que le dedicó su mejor amigo, Manny, cuando se fue de su casa hace apenas quince minutos.

El semáforo se pone en verde.

Mientras se acerca, Melo abre los ojos. Él la saluda con la mano y se saca los audífonos justo a tiempo para oírla decir:

—¿Qué carajos haces aquí?

Justyce se pregunta lo mismo mientras ve cómo intenta —en vano— ponerse de rodillas. Melo cae de lado y se golpea la cara contra la puerta de su auto.

Jus se agacha y le toca la mejilla, que está tan roja como la pintura de su Mercedes color manzana acaramelada.

—Carajo, Melo, ¿estás bien?

Ella se sacude la mano de Justyce.

—¿Y a ti qué te importa?

Herido, él respira hondo. Le importa mucho, obviamente. Si no le importara, no habría caminado una milla desde la casa de Manny a las tres de la mañana (Manny opina que Melo es lo peor que le ha pasado en la vida a Jus, así que, por supuesto, se negó a llevarlo) para evitar que ese desastre de ebriedad al que llama su ex manejara por su cuenta.

Debería irse de ahí, eso es lo que debería hacer. Pero se queda.

—Me llamó Jessa —le dice.

—Esa zorra…

—No seas así, nena. Solo me llamó porque le importas.

Jessa planeaba ser la que llevara a Melo a casa, pero ella la amenazó con llamar a la policía y decir que la habían secuestrado si no la dejaba irse en su auto.

Puede ser un poco dramática cuando está borracha.

—La voy a borrar de mis amigos —dice (ahí está el drama)—. En la vida y en las redes. Es una entrometida.

Justyce niega con la cabeza de nuevo.

—Solo vine para asegurarme de que llegues bien a casa.

Entonces se da cuenta de que, aunque quizá logre llevar a Melo, no tiene idea de cómo va a regresar. Cierra los ojos mientras oye las palabras de Manny retumbar en su cabeza: "Esto de andar jugando al Capitán Salvazorras te va a meter en problemas, hermano".

Observa a Melo. Está sentada con la cabeza contra la puerta del auto, semidormida, con la boca abierta.

Jus suspira. Incluso borracha, no puede negar que es la chica más exquisita en la que ha posado los ojos... y las manos.

Melo se empieza a ladear, y Justyce la sostiene por los hombros para evitar que se caiga. Ella se sobresalta, lo mira con los ojos muy abiertos, y él ve todo lo que le llamó la atención de ella desde el principio. Su papá es un *linebacker* de la NFL, miembro del Salón de la Fama (un negro enoooorme), y su mamá es noruega. Melo tiene la tez lechosa de la señora Taylor, pelo rizado color miel y unos ojos verdes que tienden al violeta en los bordes, pero también labios carnosos, cinturita, y las mejores curvas que Jus haya visto en su vida.

Ese es parte del problema: su belleza lo perturba. Nunca habría soñado que una chica como ella se fijara en él.

Ahora siente unas ganas imparables de besarla, aunque tenga los ojos rojos y el pelo hecho un desastre, y huela a vodka, cigarro y hierba. Pero cuando le intenta quitar el pelo de la cara, ella se sacude su mano de encima otra vez.

—No me toques, Justyce.

Mel empieza a remover sus cosas en el piso: pintalabios, Kleenex, tampones, una de esas cositas circulares con el maquillaje en una mitad y el espejo en la otra, un frasquito.

—Ash, ¿dónde están mis llaveeeees?

Justyce las ve frente a la llanta trasera y las agarra.

—No puedes manejar, Melo.

—Dámelas.

Mel intenta quitarle las llaves, pero se va de bruces y cae entre sus brazos. Justyce la apoya contra el auto de nuevo y recoge el resto de sus cosas para meterlas en el bolso, que tiene suficiente espacio para cargar las compras de una semana (¿qué tienen las chicas con los bolsos tamaño maleta?). Abre el auto, echa el bolso en el piso del asiento trasero y trata de levantar a Melo del piso.

Entonces todo se descarrila.

Primero, Mel le vomita la sudadera, la sudadera de Manny, que había dicho fuerte y claro: "No vayas a regresar con vómito en mi sudadera".

Perfecto.

Jus se la quita y la tira en el asiento trasero.

Cuando intenta levantar a Melo de nuevo, ella lo abofetea. Fuerte.

—Déjame en paz, Justyce —dice.

—No puedo, Mel. No hay manera de que llegues a tu casa si tratas de manejar.

Intenta alzarla por las axilas y ella le escupe la cara.

Justyce vuelve a pensar en irse. Podría llamar a los padres de Melo, meterse las llaves en el bolsillo y largarse. Oak Ridge seguramente es el barrio más seguro de Atlanta. No le va a pasar nada durante los veinticinco minutos que le tome al señor Taylor llegar.

Pero no puede. A pesar de la afirmación de Manny de que Melo necesita "sufrir las consecuencias, aunque sea una vez", dejarla ahí, vulnerable, no le parece correcto. Así que la levanta y se la echa al hombro.

Melo reacciona con su delicadeza de siempre: grita y le golpea la espalda con los puños.

Justyce batalla por abrir la puerta trasera y está metiendo a Melo al auto cuando oye el BUUUUUP de una sirena corta y ve luces azules. Logra acomodarla en el asiento en los pocos segundos que le toma a la patrulla dar un frenazo detrás de él.

Ella está catatónica.

Justyce oye los pasos que se acercan, pero se concentra en ponerle el cinturón a Melo. Quiere que al oficial le quede *muy* claro que ella no iba a manejar, para que no se meta en problemas.

Antes de poder siquiera sacar la cabeza del auto, siente un tirón en la camiseta que lo jala con violencia. Su cabeza golpea el marco de la puerta justo antes de que una mano se le aferre a la nuca. Su tronco se estrella contra el cofre con tanta fuerza que se muerde un cachete y la boca se le llena de sangre.

Jus traga su saliva ensangrentada. La cabeza le da vueltas. No logra orientarse. La punzada del metal frío alrededor de sus muñecas lo devuelve a la realidad.

Esposas.

La ironía de la situación lo golpea. Melo está totalmente ebria en el asiento trasero de un auto que tenía toda la intención de conducir, pero es él quien está esposado.

El poli lo tira al piso junto a la patrulla mientras le pregunta si entiende sus derechos. Justyce no recuerda haber oído sus derechos, pero es cierto que le repicaban los oídos por los dos golpes en la cabeza, así que quizás se los perdió. Traga más sangre.

—Oficial, esto es un gran malenten... —empieza a decir, pero no logra terminar, porque el policía le pega en la cara.

—No abras la boca, cabrón. Supe que algo te traías cuando te vi caminando por la calle con esa jodida capucha.

Así que la capucha había sido mala idea. Y los audífonos. Seguramente se habría dado cuenta de que lo seguían si no se los hubiera puesto.

—Pero, oficial...

—Que te calles. —El poli se pone de cuclillas y le acerca la cara—. Conozco bien a los de tu calaña. Los delincuentes como tú vagan por las calles de los barrios finos en busca de presas. No pudiste resistirte a la linda güerita a la que se le quedaron las llaves en el auto, ¿verdad?

Pero eso no tenía sentido. Si a Mel se le habían quedado las llaves en el auto, Jus no la habría podido meter en él, ¿o sí? Justyce encuentra la placa del oficial; *Castillo*, dice, aunque parezca un blanco cualquiera. Su mamá le enseñó a manejar ese tipo de situación, aunque debe admitir que nunca pensó que fuera a necesitar su consejo: "Sé respetuoso. No te enojes. Asegúrate de que los policías puedan ver tus manos" (aunque eso sea imposible en este momento).

—Oficial Castillo, con todo respe…

—¡Te dije que cerraras la boca, basura!

Ojalá pudiera ver a Melo y que ella le dijera la verdad al policía, pero el tipo le bloquea la vista.

—Ahora, si sabes lo que te conviene, no te vas a mover ni a hablar. Cualquier resistencia solo te va a hundir más. ¿Entendido?

El aliento a cigarro y algunas gotitas de baba golpean la cara de Justyce, pero él fija la mirada en la "F" brillante del letrero del FarmFresh.

—Mírame cuando te hablo, muchacho —dice agarrándole la barbilla—. Te pregunté algo.

Justyce traga saliva. Mira a los ojos fríos y azules del oficial Castillo. Carraspea.

—Sí, señor —dice—. Entendido.

25 de agosto

QUERIDO MARTIN (ALIAS DR. KING):

Primero que nada, quiero que sepas que no pretendo faltarte al respeto con el tuteo. Estudié tu vida y a tus enseñanzas para un proyecto de décimo grado, así que lo más natural para mí es tratarte como amigo. Ojalá que no te moleste.

Me presento. Me llamo Justyce McAllister. Tengo diecisiete años y estoy en el último año de preparatoria, con beca completa, en la Academia "Braselton" de Atlanta, Georgia. Estoy en cuarto lugar entre los ochenta y tres de mi clase; soy capitán del equipo de debate; saqué 1560 y 34 en mis SAT[1] y en mis ACT, respectivamente; y a pesar de crecer en una zona "mala" (no muy lejos de lo que era tu barrio), en el futuro seguramente iré a una universidad de la Ivy League, me graduaré en leyes y me dedicaré a las políticas públicas.

---

[1] En los Estados Unidos, el ACT (American College Testing) y el SAT (Scholastic Assessment Test) son dos pruebas estandarizadas utilizadas principalmente para la admisión a la universidad.

Por desgracia, hoy en la madrugada, nada de eso importó.

Para no hacerte el cuento largo, traté de hacer una buena acción y acabé tirado en el suelo y esposado. Y a pesar de que mi ex estaba visiblemente borracha (disculpa la expresión), al parecer me veía tan amenazador con mi sudadera de escuela privada que el poli que me esposó pidió refuerzos.

Lo peor de todo fue que, aunque yo creí que todo iba a estar bien cuando llegaran los papás de mi ex, no importaba qué les dijeran a los polis, estos no me querían soltar. El señor Taylor se ofreció a llamar a mi mamá, pero los polis dejaron claro que como ya tengo diecisiete años, soy considerado un adulto cuando me arrestan. Así que no había nada que ella pudiera hacer.

El señor Taylor acabó llamando a la mamá de mi amiga SJ, la señora Friedman —que es abogada—, y esta tuvo que ir a ladrarles un montón de jerga legal a los policías en sus caras para que me soltaran. Cuando por fin me dejaron ir, ya estaba saliendo el sol.

Habían pasado horas, Martin.

La señora F no dijo mucho mientras me llevaba a mi dormitorio, pero me obligó a prometerle que pasaría por la enfermería para que me dieran unos hielos para la hinchazón en las muñecas. Le hablé a mi mamá para contarle lo que había pasado y me dijo que presentará una queja a primera hora de la mañana, pero dudo que sirva de mucho.

Para serte franco, no estoy muy seguro de qué debería sentir. Nunca creí que estaría en una situación así. Había un chico en Nevada, Shemar Carson, que era negro, de mi edad. Un poli blanco lo mató en junio. Nadie sabe bien los detalles porque no hubo testigos, pero lo que sí está claro es que el tipo mató a un adolescente desarmado. Le disparó cuatro veces. Lo más turbio de todo es que, según los forenses, hubo una laguna de cuatro horas entre el momento estimado de la muerte y el momento en que el poli la reportó.

Antes del incidente de anoche, no había pensado mucho al respecto. Hay mucha información contradictoria, así que es difícil saber qué creer. La familia y los amigos de Shemar dicen que era buen tipo, que iba a ir a la universidad, que estaba activo en el grupo de jóvenes de su iglesia..., pero el poli dice que lo descubrió intentando robarse un auto. Hubo un (presunto) altercado y, según el informe policial, Shemar trató de agarrar la pistola del poli, así que este le disparó en defensa propia.

No sé. He visto fotos de Shemar Carson, y sí se veía medio matón. De cierta forma, supongo que creía que nunca iba a tener que preocuparme por esto porque, comparado con él, no me veo "amenazador", ¿me entiendes? No traigo pantalones holgados ni ropa grandísima. Voy a una buena escuela, tengo metas, una visión y una cabeza sobre los hombros, como dice mi mamá.

Sí, crecí en un barrio duro, pero sé que soy buen tipo, Martin. Creí que, si me esforzaba por ser un buen miembro de la sociedad, me salvaría de lo que sufren esos negros, ¿me entiendes? Es un trago bien amargo ver que estaba equivocado.

Ahora, solo puedo pensar en qué habría pasado si yo no hubiera sido negro. Sé que al principio el poli solo podía juzgar lo que veía (que sí que parecía un poco turbio), pero jamás habían dudado de mí de esa manera.

Lo que pasó anoche me cambió. No quiero andar por ahí furioso y viendo cómo desquitarme, pero sé que no puedo seguir fingiendo que no pasa nada. Sí, ya no hay bebederos para "gente de color", y se supone que la discriminación es ilegal, pero si me pueden obligar a quedarme sentado por horas en la banqueta, con las esposas demasiado apretadas, aunque no haya hecho nada malo, está claro que algo no anda bien. Que la igualdad no es tan igual como dicen.

Tengo que poner más atención, Martin. Tengo que empezar a ver las cosas y apuntarlas y averiguar qué hacer con lo que veo. Por eso te escribo. Tú tuviste que lidiar con mier... digo, con cosas peores que estar esposado un par de horas, pero te mantuviste al pie del cañón... Bueno, al pie de tu ausencia de cañón, en realidad.

Quiero tratar de vivir como tú. De hacer lo que tú harías. Quiero ver hasta dónde llego.

Me está matando el dolor en la muñeca, así que tengo que dejar de escribir, pero gracias por escucharme.

Saludos,
Justyce McAllister

CAPÍTULO 2

Justyce se deja caer en el lujoso sillón de cuero del sótano de Manny y toma el control de la consola de videojuegos, que está tirado sobre la enorme otomana frente a él.

—¿Estás bien, viejo? —pregunta Manny mientras aprieta con furia los botones de su control, que no deja de vibrar al ritmo de los disparos de ametralladoras que inundan la habitación, entran por los oídos de Justyce y le retumban en la cabeza. Los puede sentir palpitando en su pecho: RA-TA-TÁ RA-TA-TÁ RA-TA-TÁ RA-TA-TÁ RA-TA-TÁ RA-TA-TÁ RA-TA-TÁ RA-TA-TÁ.

—Sí, estoy bien —dice, tragando saliva.

—¿Vas a jugar o qué?

El avatar de Manny cambia de armas en una rápida sucesión y lanza todo lo que tiene contra las tropas enemigas.

Granada: ¡PUM!

Glock 26: ¡PAM, PAM, PAM!

Lanzallamas: ¡FUUUSH!

Bazuca: ¡FIUUUU…! ¡PUUUUUUM!

Muchas armas. Armas como la que tenía Castillo en la mano mientras trataba a Jus como criminal. Un movimiento erróneo y podría haber sido el siguiente Shemar Carson.

—Oye, ¿te importa si jugamos algo un poco menos… violento? —dice Jus, estremecido.

Manny pausa el juego y se voltea hacia su mejor amigo.

—Perdón. —Justyce baja la cabeza—. Estoy que no soporto los disparos y esas cosas.

Manny se acerca para darle un apretón en el hombro y mostrarle su apoyo. Después presiona unos botones para cambiar al juego nuevo de Madden, que no sale a la venta hasta dentro de una semana.

Justyce niega con la cabeza. Si tan solo pudiera tener la vida de su mejor amigo. Debe ser genial tener como padre al vicepresidente de una gran corporación financiera.

Los chicos escogen sus respectivos equipos. Manny gana el cara o cruz y elige ser el receptor. Se aclara la garganta.

—¿Quieres hablar de lo que pasó?

Justyce suspira.

—Sabes… que aquí me tienes por si lo necesitas, ¿verdad? —dice Manny.

—Sí, lo sé, Manny. Te lo agradezco, solo que no sé ni qué decir.

Manny asiente. Esquiva al liniero defensivo de Justyce y consigue el primer *down*.

—¿Ya no te duelen las muñecas?

Justyce se contiene las ganas de mirarse los brazos. Es difícil ver los moretones porque tiene la piel muy oscura, pero incluso una semana después, siguen ahí.

A veces piensa que nunca desaparecerán.

—Están mejor. Mel me dio una pomada rara de Noruega que huele como a pies cubiertos de VapoRub, pero ayuda.

El *quarterback* de Manny lanza un pase largo, pero se queda corto. El defensa de Justyce lo intercepta.

—Nos reconciliamos anoche.

Manny pone pausa. Voltea hacia su amigo.

—No lo dices en serio, viejo.

Justyce se estira para presionar el botón del triángulo en el control de Manny. El *quarterback* de Jus le lanza el balón a su corredor, que está desprotegido porque Manny lo está fulminando con la mirada. El jugador virtual anota un *touchdown* fácil.

La patada es buena.

Manny vuelve a poner pausa.

—Jus.

—Olvídalo, socio.

—¿Que lo olvide? Esa zorra es la razón por la que estuviste esposado por tres horas, ¿y me pides que lo olvide?

—Deja de decirle zorra a mi novia, Manny.

—Hermano, la cachaste con la mano metida en el pantalón de otro tipo. ¿Hoooola?

—Esta vez es diferente.

Justyce comienza el juego de nuevo.

Su equipo hace el saque inicial, pero los jugadores de Manny no se mueven porque él sigue mirando a Justyce como si acabara de confesar un asesinato.

—Espera —dice Manny, que para el juego y lanza su control lejos del alcance de Jus—. Me estás diciendo que después de que esta tipa se quedara sentada mirando cómo el poli te rompía la cara…

—Estaba asustada, Manny.

—No lo creo, Jus.

—Como sea.

Justyce mira el balón que quedó congelado en el aire en la gigantesca pantalla plana. Las chicas no se le abalanzan como lo hacen con Emmanuel "Manny" Rivers, el capitán del equipo de basquetbol de la preparatoria Bras y uno de los chicos más apuestos que conoce. Hay muchas cosas que Manny tiene y Justyce no: dos padres con salarios de seis cifras, un apartamento en el sótano de su casa, un auto impresionante, una confianza increíble…

¿Qué tiene Justyce? Tiene a la chica más sexy de la escuela.

—No espero que lo entiendas, Manny. Tú cambias de chicas como si fueran calzoncillos. No reconocerías el amor verdadero, aunque te pateara en las pelotas.

—Para empezar, el amor verdadero *no* me patearía en las pelotas. Considerando cuántas veces Melo te ha pateado a ti…

—Ya cállate, viejo.

Manny sacude la cabeza.

—Odio decírtelo, hermano, pero tu relación con Melo es más tóxica que Chernóbil.

—Suenas como una chica.

—Sabes que mi mamá es psicóloga —dice Manny—. Tienes trastorno de codependencia o algo así. Deberías tratarte eso.

—Gracias, doctor Phil.

—Hablo en serio, Jus. Ni siquiera tengo ganas de mirarte en este momento. Esto que estás haciendo de siempre regresar con Melo… Eso es una enfermedad, amigo.

—Cállate y juega, hermano.

En ese momento, la mamá de Manny aparece al pie de las escaleras.

—Hola, doctora Rivers —dice Justyce mientras se levanta para abrazarla.

—Hola, corazón. ¿Estás bien?

—Sí, señora.

—¿Te quedas a dormir? La cena estará lista en un ratito. Pollo *alla cacciatora* —dice con un guiño.

—Ay, sabe que es mi favorito —dice Jus.

—¿En serio, ma? ¿Cómo es que nunca haces mi favorito?

—No empieces, Emmanuel. Y no es cierto.

—No te enojes porque tu mamá me quiere más a mí que a ti, Manny.

—Cállate, tonto.

El celular de la doctora Rivers suena.

—Habla Tiffany Rivers —contesta, todavía sonriendo a los chicos.

Su sonrisa no dura mucho. Quien sea que esté al otro lado de la línea, es obvio que no le está dando buenas noticias.

Cuelga y se lleva la mano al corazón.

—¿Mamá? ¿Todo bien?

—Era tu tía —contesta—. Dice que arrestaron a tu primo.

—¿Y ahora qué hizo? —pregunta Manny volteando los ojos.

La doctora Rivers mira a Manny y luego a Justyce.

—Lo acusaron de asesinato —dice.

Manny se queda boquiabierto.

—Dicen que mató a un policía.

CAPÍTULO 3

Justyce tiene la mente ocupada en mil cosas cuando entra a su clase de Evolución Social del jueves. Por un lado, ayer el Gran Jurado de Nevada se negó a presentar una imputación contra el policía que mató a Shemar Carson. Desde que lo arrestaron, Justyce ha pasado todo su tiempo libre siguiendo el caso, y ahora simplemente está cerrado.

Hablando de policías y arrestos, ayer Justyce también se enteró de que el policía al que el primo de Manny confesó haberle disparado era nada más y nada menos que Tomás Castillo.

Lo que Jus no puede superar es que él conoce al primo de Manny. Se llama Quan Banks y viven en el mismo barrio. Quan es un año más chico y solían jugar juntos hace tiempo, cuando lo único que les importaba era quedarse fuera de casa hasta que se encendieran las luces de las calles. Como Justyce, Quan fue aceptado en el programa de alumnos avanzados en tercer grado, pero cuando terminó la primaria comenzó a juntarse con un grupo no muy bueno. Cuando Quan se enteró de que Justyce entraría a la preparatoria Bras, mencionó que un primo suyo estudiaba ahí, pero Jus nunca ató los cabos. Y ahora Quan está en la cárcel.

Justyce no puede dejar de pensar en eso.

Sí, Castillo era un imbécil, pero ¿realmente merecía morir? Y ¿qué hay de Quan? ¿Y si le dan pena de muerte?

¿Y si Castillo hubiera matado a Jus? ¿A él sí lo habrían imputado?

—Ven acá un momento, Jus —dice Doc mientras Justyce deja caer su mochila en el suelo, junto a su asiento. El doctor Jarius "Doc" Dray es el asesor del equipo de debate y el profesor favorito de Justyce. Es el único hombre (mitad) negro con doctorado que conoce, y lo admira mucho.

—¿Cómo estás, muchacho? —pregunta Doc.

—He estado mejor, Doc.

Doc asiente y entrecierra los ojos verdes.

—Me lo imaginaba —dice—. Quería decirte que la discusión de hoy puede ser delicada. Siéntete libre de no participar. Puedes salir del salón si lo necesitas.

—Está bien.

En ese instante, Manny entra al salón con Jared Christensen detrás. A Justyce no le cae muy bien ni Jared ni ninguno de los amigos de Manny, pero sabe que todos han sido muy unidos desde el kínder, así que trata de disimularlo.

—¿Qué hay, Doc? —grita Jared mientras atraviesa el salón hacia su asiento.

—Por Dios, Jared. Ya siéntate donde sea. —Le dice Sarah-Jane Friedman, capitana del equipo de lacrosse, a punto de graduarse con honores y pareja de debate de Justyce desde la secundaria.

—Ay, SJ, yo también te quiero —dice Jared.

SJ lo fulmina con la mirada y finge meterse un dedo en la garganta mientras se sienta a la izquierda de Justyce. Justyce se ríe.

El resto del salón va llegando poco a poco, y cuando suena la campana, Doc cierra la puerta y da unas palmadas para comenzar la clase.

Doc: Buenos días, muchachos.

Clase: [*Gruñidos y saludos.*]

Doc: Vamos a empezar, ¿sí? El tema de discusión de hoy…

[*Teclea en su laptop y las palabras "Todos los hombres son creados iguales" aparecen en el pizarrón electrónico del salón.*]

Doc: ¿Quién me puede decir el origen de esta oración?

Jared: La Declaración de Independencia de los Estados Unidos, ratificada el 4 de julio de 1776. [*Sonríe engreído y cruza los brazos.*]

Doc: Correcto, señor Christensen. Doce de las trece colonias votaron a favor de cortar todos los lazos con la corona británica. Se escribió el documento conocido como la Declaración de Independencia y, hasta el día de hoy, una de las líneas más citadas de dicho documento es la que ven en el pizarrón.

Clase: [*Asienten.*]

Doc: Ahora bien, cuando usamos nuestras mentes del siglo XXI para examinar la cita dentro de su contexto histórico, hay algo en ella que no está del todo bien. ¿Alguien puede explicar a qué me refiero?

Clase: [*Todos hacen silencio.*]

Doc: Por favor, chicos. ¿No ven nada raro en que estos tipos en particular hagan una declaración sobre la inherente "igualdad" de los hombres?

SJ: Bueno, estos eran los mismos hombres que acabaron con los pueblos indígenas y que tenían esclavos.

Doc: Exacto.

Jared: Pero era diferente entonces. Ni los esclavos ni los indios…

Justyce: Nativos americanos o indios americanos si no sabes la tribu específica, hermano.

Jared: Como sea. Mi punto es que a ellos no se les consideraba hombres.

Doc: Ese es mi punto exactamente, señor Christensen. Entonces, esta es la pregunta: ¿Qué nos dice el evidente cambio en la aplicación de esta frase desde 1776 hasta ahora sobre cómo ha evolucionado nuestra sociedad?

[*Hay una larga pausa mientras el Doc agrega la pregunta al pizarrón electrónico, debajo de la cita. Después se escucha el chirrido de su silla mientras toma su asiento habitual en el círculo.*]

Jared: Bueno, para empezar, los descendientes de africanos hoy están obviamente incluidos en la aplicación de esta cita. Al igual que los "indios nativos americanos".

Justyce: [*Aprieta la mandíbula.*]

Jared: ¡Y las mujeres! Las mujeres estaban excluidas originalmente, pero ahora las cosas son más igualitarias para ellas también.

SJ: [*Resopla burlona.*] Todavía falta.

Doc: Explíquese, por favor, señorita Friedman.

SJ: Es sencillo: las mujeres todavía no son tratadas como iguales a los hombres. En especial por los hombres.

Jared: [*Pone los ojos en blanco.*]

Doc: Bien. Así que están los derechos de las mujeres. ¿Hay alguna otra área en la que crean que todavía no alcanzamos el grado de igualdad?

Clase: […]

Doc: Siéntanse libres de considerar sucesos más recientes.

SJ: Sería un muy mal abogado, Doc.

Clase: [*Ríen nerviosos.*]

Doc: *Sé* que todos saben a qué me refiero.

Manny: Pues sí, lo sabemos… Pero ¿en verdad quiere hablar de eso, Doc?

Doc: Oigan, esta escuela se enorgullece de fomentar el diálogo abierto. Así que, adelante.

Clase: [*Silencio.*]

Doc: Lo diré yo, entonces: ¿Sienten que hemos alcanzado la igualdad total con respecto a la raza?

Clase: [*Silencio.*]

Doc: Vamos, chicos. Este es un espacio seguro. Nada de lo que digan hoy saldrá de este salón.

Jared: Está bien, me lanzo. En mi opinión, sí. Hemos alcanzado la igualdad total en el tema de la raza.

Doc: Explíquese, por favor.

Jared: Bueno, cualquiera que haya nacido aquí es un ciudadano con plenos derechos. Hay personas que reclaman que ciertas "injusticias" tienen que ver con la raza, pero, en mi opinión, solo están polarizando.

Justyce: [*Respira profundo y se frota las muñecas.*]

Jared: La América del presente no distingue colores.

SJ: Claro que *tú* dirás eso.

Manny: Ay, no.

SJ: Nunca me deja de sorprender que chicos como tú tengan sus cabezas tan metidas en la tierra…

Doc: Sarah-Jane.

SJ: Perdón. Es solo que eres completamente ignorante de los problemas de cualquiera que esté fuera de tu pequeño grupo social.

Jared: Como sea, SJ.

SJ: Lo digo en serio. ¿Qué hay de las desigualdades económicas? ¿Qué hay del hecho de que, proporcionalmente hablando, hay más personas de color viviendo en la pobreza que personas blancas? ¿Alguna vez has pensado en eso?

Jared: Amiga, Manny tiene una Range Rover.

Manny: ¿Y eso qué tiene que ver?

Jared: No es queja, socio. Solo digo que tus papás ganan mucho más dinero que los míos.

Manny: Sí, bueno. Trabajaron muy duro para llegar a donde están, así que…

Jared: No digo que no lo hayan hecho. Pero acabas de demostrar mi punto. Las personas negras tienen las mismas oportunidades que las blancas en este país si están dispuestas a trabajar duro. Los padres de Manny son el ejemplo perfecto.

SJ: ¿En serio? ¿De verdad piensas que un solo ejemplo prueba algo? ¿Qué hay de Justyce? Su mamá trabaja sesenta horas a la semana, pero no gana ni una décima parte de lo que tu papá ga…

Justyce: Oye, bájale, S.

SJ: Lo siento, Jus. Lo que quiero decir es que los padres de Manny son una excepción. ¿No has notado que solo hay ocho estudiantes negros en toda la escuela?

Jared: Bueno, tal vez si más gente fuera como los padres de Manny, las cosas serían distintas.

Justyce: [*Vuelve a respirar hondo.*]

SJ: Ah, ya veo… Lo que dices es que solo necesitan ponerse las pilas.

Jared: Exacto.

SJ: Para eso, primero tienen que poder comprarse pilas.

Manny: Uf. Punto para SJ.

Jared: Como sea. Hay gente que vive del gobierno y anda por ahí con sus tenis Jordans, así que es obvio que de algún lado sacan el dinero. Y no te pongas así, SJ. Tus ancestros también tenían esclavos, igualito que los míos.

SJ: Te equivocas, pelmazo…

Doc: Señorita Friedman…

SJ: Lo siento, Doc. Pero mis bisabuelos emigraron a este país desde Polonia después de escapar de milagro de Chelmno.

Jared: ¿De qué?

SJ: Era un campo de concentración nazi. Y acabas de demostrar mi punto otra vez. Dirías menos tonterías si estuvieras dispuesto a ver más allá del hoyo dieciocho del campo de golf de tu club campestre.

Doc: Tranquila, SJ.

Jared: Para que sepas, los padres de Manny han sido miembros del club desde mucho antes que nosotros.

Manny: ¡Oye!

Jared: Yo nomás digo, amigo.

SJ: Por Dios. Este país se está yendo directo al infierno con gente como tú al frente, Jared.

Justyce: [*Se ríe*].

Jared: En fin, para quienes no estén familiarizados con la Constitución de los Estados Unidos, gracias a la decimocuarta enmienda, todas las personas en este país tienen el derecho a la vida, la libertad y la búsqueda de la felicidad…

SJ: Patrañas.

Doc: ¡SJ!

SJ: ¡Es la verdad!

Justyce: Necesitas relajarte, S.

SJ: ¿Lo dices en serio?

Justyce: Sí.

SJ: Tú mejor que nadie sabes que tengo razón, Jus.

Justyce: A mí no me metas.

SJ: Bien. En conclusión, han pasado más de dos siglos y los afroamericanos siguen recibiendo un trato injusto.

Jared: A mí no me engañas.

SJ: ¡Dios mío! ¿Qué no ves las noticias? ¿De casualidad no te suena el nombre de Shemar Carson?

Jared: Ay, aquí vamos. No cualquier blanco que mate a un negro cometió un crimen. Estoy seguro de que los tribunales lo demostraron ayer.

SJ: Todo lo que los tribunales "demostraron" ayer fue que un hombre blanco puede matar a un adolescente desarmado y salir impune si el chico es negro.

Doc: Conjetura, SJ. Lo sabes. Los dos necesitan andarse con cuidado.

Jared: Oye, el chico atacó al policía y trató de agarrar su pistola. Además, ya tenía historial criminal.

Justyce: Espera, viejo. Fue un presunto ataque. No hubo ningún testigo…

Jared: Creí que no te querías meter.

Doc: Cuidado, señor Christensen.

Jared: [*Se encoge de hombros.*] Él lo dijo, no yo.

Justyce: [*Rechina los dientes.*]

SJ: Tal vez, si realmente siguieras el caso, en lugar de sacar la información de Facebook…

Jared: Eso no cambia el hecho de que el chico había sido arrestado antes. No te arrestan si no estás haciendo algo malo. En resumen, era un criminal.

SJ: El cargo en su historial —que es público, así que puedes buscarlo— fue por un delito menor de posesión de marihuana.

Jared: ¿Y eso qué? Si la haces, la pagas.

SJ: Jared, tú compraste una onza de hierba hace dos días…

Doc: No me obligues a reportarte, SJ.

SJ: ¡Lo vi con mis propios ojos, Doc!

Jared: Lo que hago con mi dinero no es asunto tuyo ni de nadie.

Justyce: [*Resopla.*] Claro que no lo es. Pero lo que Shemar hizo con el suyo sí es asunto de todos, ¿verdad?

Doc: Será mejor que regresen al tema antes de que empiece a repartir detenciones.

SJ: Mi punto es que te he visto cometer el mismo delito que Shemar Carson tenía en el "historial criminal" que mencionaste.

Jared: Como sea, SJ.

SJ: Sé que preferirías ignorar estas cosas porque te beneficias de ellas, pero andar por ahí fingiendo que la desigualdad no existe no hará que desaparezca, Jared. Tú y Manny, que son iguales en casi todo, menos en la raza, podrían cometer el mismo crimen, pero está casi garantizado que él recibiría un castigo más cruel que tú.

Manny: ¿Por qué me siguen metiendo en su debate?

Jared: Obviamente porque eres negro, hermano.

Clase: [*Todos ríen con disimulo.*]

SJ: Las cifras no mienten.

Justyce: [*Se frota las muñecas de nuevo.*]

Jared: Sí, sí. Ya entendimos. Tu mamá es la gran abogada. Tú conoces toooodos los hechos.

SJ: Evade el tema cuanto quieras, pero no puedes negar que escapas de líos de los que Manny nunca podría escapar.

Manny: Juro que me voy a cambiar de nombre.

Jared: Tal vez me escapo porque no soy tan tonto como para que me atrapen.

Justyce: ¡Wow!

SJ: No te atrapan porque eres blanco, idiota.

Doc: Sarah-Jaaaaaaane…

Jared: ¿Te has visto en el espejo últimamente, SJ? Eres tan blanca como yo.

SJ: Sí, pero sé que me beneficia y lo reconozco.

Jared: ¿En serio? Suena como si te estuvieras subiendo al tren de Todo lo Blanco es Malo.

Justyce: [*Se truena los nudillos y sacude la cabeza.*]

SJ: Como sea, Jared. En resumen, nadie nos ve y piensa automáticamente que estamos tramando algo malo.

Clase: [*Todos hacen silencio…*]

SJ: Nunca nos van a ver como criminales antes que como personas.

Clase: [*Todos hacen silencio…*]

Justyce: Voy al baño. [*Se levanta y se va.*]

CAPÍTULO 4

Como la sala de alumnos de último grado de la preparatoria Bras está organizada como si fuera un restaurante, Manny, Jared, y su tribu —compuesta por Kyle Berkeley, Tyler Clepp y Blake Benson— entran pero no ven a Justyce sentado en la mesa del fondo.

Como de costumbre, Jared ignora la regla de Doc de que "nada sale de este salón" y, como obviamente cree que están solos, ni se molesta en mantener la voz baja. En cuanto se sientan, empieza:

Jared: ¿Qué tal ese imbécil? ¿Qué clase de maestro se atreve a insinuar que hay desigualdad racial en un salón lleno de *millenials*?

Kyle: ¿En serio, hermano? ¿Eso dijo?

Jared: Te lo juro. El decano debería expulsarlo. Hasta estoy pensando decirle a mi papá que haga una llamada.

Tyler: Carajo, hermano.

Jared: Y por supuesto que SJ se metió. Creo que le está afectando que su mamá tenga que andar defendiendo matones todo el tiempo.

Blake, Kyle y Tyler: [*Ríen.*]

Manny: [*Ríe demasiado tarde*].

Jared: A mí se me hace que quiere que Justyce le coma la cerecita.

Kyle: Bueno, como tú nunca quisiste…

Jared: Cállate. Estábamos en octavo.

Blake: Todavía le tienes ganas, hermano.

Kyle: Pero ya se te fue ese tren… Si estás compitiendo contra Justyce, estás jodido. "Cuando pruebes chocolate, ya no habrá quien te rescate", ¿verdad, Manny?

Manny: [*Bufa*].

Tyler: Qué mal por SJ. Justyce tiene las manos llenas con Melo Taylor, literalmente.

Jared: Yo eso no lo entiendo, hermano. ¿Qué carajos le ve una ricura como Melo Taylor a un tipo al que no le alcanza ni para comer en McDonald's?

Manny: Tal vez el dinero no lo sea todo, J.

Jared: Lo dice el que tiene una Range Rover.

Blake, Kyle y Tyler: [*Se ríen.*]

Manny: ¿Qué te traes hoy, viejo?

Jared: Estoy harto de que insinúen que los afroamericanos todavía la pasan tan mal. No me importa lo que diga SJ, Manny. Tus papás son la prueba de que ahora somos iguales.

Blake: En serio.

Jared: Aquí, en este instante, en estas rojas colinas de Georgia, el hijo de exesclavos y los hijos de exesclavistas están sentados a la mesa de la hermandad, hermano. ¡El Sueño se ha cumplido!

Tyler: Wow. Qué poético.

Manny: Lo sacó del discurso *Yo tengo un sueño*, T.

Jared: ¿Te acuerdas? Tuve que aprenderme esa mierda para la obra sobre el legado en octavo grado.

Blake: ¡Claro! Acá nuestro trofeo negro se enfermó o algo así, ¿no?

Jared: Exacto.

Kyle: Era tu único trabajo, Manny.

Manny: Cállate, idiota.

Jared: Todavía me sé todo el discurso.

Manny: Ese no era todo el discurso, J.

Jared: Qué importa. Esa era la parte más importante, y me la sé completa. Hasta me pintaron la cara de negro y todo.

Blake: ¡Sí me acuerdo, hermano! ¡Hasta hubo ovación de pie!

Kyle: ¿Ya ves? Ahora todos somos iguales. Un blanquito puede representar a un negro famoso en una obra y no pasa nada.

Jared: ¡Exacto! Esta sociedad no hace distinción entre colores, hermanos míos… Se juzga a la gente por su carácter, no por su color de piel.

Kyle: Eso es verdad, viejo. ¡Yo ni te veo negro, Manny!

[*Manny se ríe, pero Justyce se da cuenta de que es de dientes para afuera. Se pone a pensar en las esposas… Tal vez esos idiotas no vean negro a Manny, pero él sabe que los polis ni lo dudarían.*]

Jared: ¡Hermanos, brindemos con Perrier por la Igualdad!

Blake: ¡Igualdad!

Tyler: ¡Igualdad!

Kyle: ¡Eso es todo, viejo! ¡Igualdad!

Jared: ¿Te nos unes, Manny?

Todos: […]

Manny: Claro, hermano. ¡Igualdad!

¡CLINK!

18 de septiembre

QUERIDO MARTIN:

Acabo de regresar a la escuela luego de hacer una visita inesperada al barrio. Si te soy sincero, me fui a mi casa con la intención de quedarme ahí para siempre (una medida extrema, lo sé).

Cuando llegué, mi mamá estaba acurrucada en el sofá, con la nariz clavada en *De cómo Stella recobró la marcha*. De solo verla leer, algo que se esforzó mucho por enseñarme a hacer, supe que estaría en el autobús de regreso a la escuela antes de que terminara la tarde.

—¿Qué haces aquí, muchacho? Hoy es noche de escuela —fue lo primero que me dijo (sin levantar la mirada del libro).

—¿No puedo venir a ver a mi viejita cuando la extraño?

—¿A quién le dijiste vieja?

Entonces me reí.

—¿Me vas a decir qué te pasa de verdad?

Cerró el libro y lo puso a un lado. Yo dejé caer mi mochila con un suspiro.

—Han sido unas semanas duras.

—Ven acá y siéntate.

Sinceramente, no tenía ganas. "Siéntate" es su forma de decir "suéltalo ya", y hubiera preferido que me arrancaran los pulgares a hablar de todo eso de lo que estaba intentando escapar. Pero como mi mamá es mi mamá —¿y tal vez sea psíquica?—, me hizo soltarlo todo.

—¿Es por el poli ese y sus esposas?

Me dejé caer junto a ella.

—Un poquito. No dejo de pensar en que pudo haber sido mucho peor.

—Te golpeó que no imputaran al del caso Carson, ¿eh?

—Sí. Debatimos algo en clase hoy, y... no sé, ma. Siento que estoy luchando una batalla perdida.

Ella asintió.

—Es difícil ser negro, ¿no?

Me encogí de hombros.

—Algo así, sí. Yo solo sé que no logro encontrar un lugar en el que encaje. Sobre todo en esa escuela.

—Ajá.

—Es que... llevo ahí toda la preparatoria y sigo sintiéndome ajeno, ¿me entiendes? Estábamos hablando de la Declaración de Independencia y yo solo podía pensar en que a Shemar Carson le negaron sus "derechos inalienables" así como si nada. Eso me espantó.

—Como debe ser.

—Hice los cálculos al regresar a mi cuarto: pasaron ciento noventa y dos años entre la Declaración de

Independencia y el final de la Jim Crow. Ahora ya pasó más de una década del siglo XXI y sé por experiencia que a la gente como yo le sigue yendo mal.

Mi mamá asintió.

—Mjm.

—Tuve que oír a un blanquito rico presumir de que había violado la ley luego de que a mí me tuvieran esposado sin razón... Ni te puedo decir lo difícil que fue, ma. Es como si yo no pudiera ganar nunca, no importa lo que haga.

Mi mamá se cruzó de brazos y alzó la barbilla. La vi y supe que no me iba a tener compasión.

—¿Y entonces qué vas a hacer? ¿Salir corriendo?

Suspiré.

—No sé, mamá.

—¿Crees que regresando acá se va a arreglar tu problema?

—Por lo menos estaría con gente que me entiende.

Ella bufó.

—Más te vale arrastrarte de vuelta a esa escuela, muchacho.

—Pero, ma...

—Sin peros, Justyce.

—Allá no encajo, mamá.

—Desde que eras chico te he repetido que tienes que abrirte camino en este mundo —dijo—. ¿Creíste que era broma?

Suspiré otra vez.

—¿Nunca has pensado que quizá no tengas que encajar? La gente que hace historia rara vez encaja.

—Ay, ya vas a empezar con lo de hacer historia.

—Adiós, Justyce. Yo no te crie para que te rajaras cuando la cosa se pone dura. Fuera de aquí.

Recogió su libro.

—Caramba, ¿ni siquiera me das un abrazo? ¿Algo de comer?

—Ya sabes dónde está la cocina. El abrazo te lo doy de salida.

¿Ves con qué cosas tengo que lidiar, Martin?

En el camino de vuelta, me di cuenta de que mi mamá tiene razón. No tengo a dónde huir. Si bien me ha costado procesar mi arresto / la muerte de Castillo / el caso Carson / lidiar con idiotas como Jared y sus socios todos los días, sin desanimarme, si hablamos en serio, de verdad no tengo más alternativa que seguir adelante, ¿no?

Te diré qué es lo que más me costó hoy: oír a Manny darles la razón a esos idiotas en el aula. Sí, se notaba que lo decía de dientes para afuera, pero igual...

Te voy a ser franco: a veces me molesta mucho que Manny pase tanto tiempo con esos tipos. Ya sé que los conoce de toda la vida y que a mí qué me importa, pero no es fácil ver a mi socio janguear con tipos que le faltan el respeto a nuestra gente de forma tan descarada. (¡¿A quién se le ocurre maquillar de negro a un niñito?!). ¿Y luego él no dice nada? Supongo que tal vez no le moleste, pero oírlo decir que todos somos iguales *sabiendo* lo que me pasó, pues como que me molestó, si te soy sincero.

He estado intentando pensar qué habrías hecho tú de estar en mis zapatos hoy. Sé que viviste en un mundo en el que golpeaban con mangueras a la gente negra, las encarcelaban y mataban por luchar por la igualdad, pero aun así lograste ser, no sé..., digamos que digno...

¿Cómo lo hiciste, Martin? ¿Cómo lo puedo hacer yo? Hay gente que me ve y no ve a alguien con derechos, y no estoy muy seguro de cómo lidiar con eso. Me trataron como me trataron y luego Jared anda diciendo que no hay problema. Y luego Manny le da la razón. Fastidia, Martin. Todo esto fastidia demasiado.

Y, entonces, ¿ahora qué hago? ¿Qué hago con la gente como Jared? Discutir no va a servir de nada... ¿Lo ignoro y ya? Pero ¿eso qué resuelve, Martin? Quiero causar buena impresión, como diría mi mamá. Eso era lo que tú hacías. Solo tengo que pensar cómo.

Ya tengo que entrarle a mi tarea. Ojalá me pueda concentrar.

Gracias por escucharme,
Justyce

CAPÍTULO 5

En cuanto Jared, Kyle, Tyler y Blake entran al sótano de Manny, queda claro que la Brigada por la Igualdad fue una pésima idea de Jared.

Un mes y medio después del debate sobre la igualdad social en la clase de Evolución Social, Jared lanzó su cruzada para demostrar que todos en Estados Unidos son iguales. La semana pasada, les explicó a Manny y a sus amigos una "idea brutal":

—Socios, para Halloween tenemos que vestirnos como distintos estereotipos, y salir juntos a la calle. Va a ser una gran declaración política sobre la igualdad social, sobre que ya no hay barreras y todo eso.

Hasta le pidió a Justyce que participara. Él, por supuesto, no estaba muy emocionado… pero se dejó convencer por Manny.

Y ahora se está arrepintiendo.

Cinco de los seis disfraces están bien. Jus es el matón, naturalmente. Lleva los pantalones en los muslos y los boxers expuestos, una camiseta que dice *Thug Life*, una cadenota de oro con un medallón y una gorra de beisbol de visera plana. Él y Manny hasta hicieron una prótesis plateada con un envoltorio de chicles, para que se forrara los dientes de abajo.

Manny es el negro trofeo: tiene pantalones caquis, mocasines y una polo con un suéter de punto colgado de los hombros y amarrado en un nudo holgado a la altura del pecho. Está muy metido en su papel: en cuanto se vistió, empezó a decirle a Jus "amigo", "muchachón".

Jared es el yuppie/político. Trae puesto un traje... e incluso se cortó sin querer en la barbilla al rasurarse y se dejó un pedazo de papel pegado para darle sabor a su personaje.

Tyler es el surfista. Lleva *shorts* amplios y una camiseta sin mangas, aunque afuera apenas hagan cincuenta grados.

Kyle optó por el *redneck*: camisa de camuflaje, overol, gorra de trailero con un parche de la bandera confederada y botas de vaquero deslucidas. Hasta le pidió a su hermana que le pusiera extensiones para que pareciera que tiene un *mullet*. Francamente, está rozando la línea, pero bueno, no la cruza por completo.

¿Pero Blake? Blake sí se pasó de la raya. Está vestido de miembro del Ku Klux Klan. Se puso una túnica blanca con un parche rojo con una cruz blanca en el pecho, e incluso trae una capucha puntiaguda con hoyos para los ojos. Si Jus no supiera que es un disfraz, estaría un poco asustado.

—J… este… ¿puedo hablar contigo un momento, hermano? —le dice Manny a Jared, quien, para sorpresa de Justyce, también se ve bastante incómodo con la decisión de Blake.

—Claro, viejo.

Se van al cuarto de Manny y Justyce se queda ahí con los demás.

—¡Qué loco está tu disfraz, mi socio! —le dice Blake. (Porque un miembro del Ku Klux Klan definitivamente le diría *socio* a un negro).

Jus lucha contra su impulso por negar con la cabeza.

—El tuyo está… este…

—Y espérate a que me ponga la capucha. Es un traje genuino.

Blake extiende los brazos, sonriendo como si estuviera envuelto en las prendas que usó Jesucristo. Justyce siente la tentación de preguntarle de dónde sacó un traje genuino, pero no está seguro de querer saberlo.

En este momento exacto, regresa Jared.

—Oye, Justyce, Manny quiere hablar contigo, hermano.

Justyce asiente y respira lo más hondo que ha respirado en su vida; luego camina hacia el cuarto de Manny con ocho ojos penetrándolo como láseres.

Sí, pésima idea.

—¿Qué pasa, hermano? —dice Jus luego de entrar y cerrar la puerta. (Aunque, por supuesto, ya sabe de qué van a hablar).

—Pues... el disfraz de Blake... Bueno, ya lo viste.

Jus resopla burlón.

—Sí que lo vi.

—Si... este... —Manny se rasca el cuello—. Si ya no quieres venir...

—No pasa nada, Manny.

Manny arquea las cejas frondosas hasta el techo.

—¿En serio? —pregunta.

—Sí, viejo.

La verdad era que desde hacía cuatro horas, Jus ya estaba listo para largarse, porque la sola idea de ir a cualquier lugar con Jared y compañía le sabía mal, conociendo como conocía su manera de pensar. Pero entonces se acordó de la definición de integración de Martin ("convivencia entre grupos y entre personas") y decidió intentarlo. No estaba seguro de que Martin se refiriera a algo como esto, pero ¿qué sabía él?

—¿Estás listo socio?

—Ah —carraspea Manny—. Supongo.

—Vámonos, pues.

Jus sale del cuarto. Solo es un disfraz, ¿no? Que viva la hermandad.

En cuanto Jus y Manny regresan con los demás, Jared toma un montón de fotos grupales y las sube a internet. Luego dice:

—¡Brigada por la Igualdad, *avante*!

Y dirige la marcha hacia la puerta.

Cuando llegan al auto de Manny, Blake se pone la capucha y alza un brazo para hacer el saludo nazi. Justyce tiene la certeza de que el tren al que se acaba de subir va directo al desfiladero. Y piensa que en el momento que dijo que la idea no le molestaba, cortó los frenos y renunció a su capacidad de detener ese tren.

Y tiene razón.

Apenas cinco minutos después de haber llegado a la fiesta, alguien le da un puñetazo a Blake en la cara. El chisguete rojo y brillante detrás de los hoyos de su capucha puntiaguda le da náuseas a Justyce.

Cuando se da cuenta, hay un grupo de matones negros *genuinos* —y un blanco— parados enfrente de la Brigada por la Igualdad, con aspecto de quererles partir sus caras estereotipadas.

¿Y lo peor de todo? Justyce conoce a cada uno de ellos. Viven en el barrio de su mamá. Es la tribu del primo de Manny. Jus está bastante seguro de que son miembros de una pandilla llamada Jihad Negra, que está dirigida por un demente mayor que ellos, un tal Martel Montgomery.

Un moreno de rastas cortas barre a Jus con la mirada y sonríe.

—Qué disfraz tan gracioso, Justyce.

—Eh... este... gracias, Trey.

(Definitivamente no es su momento más valeroso).

—Y tú… —le dice Trey a Manny—. Eres el primo de Quan, ¿no?

—Sí —dice Manny mientras se rasca la nuca.

—¿Qué carajo hacen con estos payasos, eh? ¿Van a dejar que este tipo le falte así el respeto a nuestra gente?

Trey señala a Blake, que se quitó la capucha puntiaguda y la usa para apretarse la nariz y detener el sangrado.

Jared: Oye, no queríamos ofender…

Manny: Tranqui, Jared.

Trey: Sí, Jared. Mejor cierra el hocico, pero ya. Tu amigo nos puso de malas usando esos trapitos.

Justyce: No lo hizo con mala intención, hermano. Estábamos haciendo una sátira de los estereotipos y la llevamos muy lejos. Ya aprendimos.

Trey le sonríe. Bueno, más bien le hace una mueca de desdén. Jus siente como si le subieran cucarachas por todo el cuerpo.

—No has cambiado nada, Justyce. Sigues siendo el sabiondo de siempre —dice Trey, y otro de su grupo añade:

—Ya saben que ahora va a esa escuela para riquillos blancos en Oak Ridge.

—Se llama Braselton Prep —lo corrige Jared.

Justyce de verdad quiere que Jared cierre el hocico.

—Ooooh —exclama el blanco (Brad, según Jus), alzando las manos en adoración fingida.

Trey mira a Jus y a Manny.

—No se confundan, hermanos —dice—. Estos blanquitos están aquí parados junto a ustedes, pero para ellos no son más que unos *niggas*, ¿me entienden? Ni con todo el dinero y la inteligencia del mundo van a cambiar eso.

Jared: Óyeme, eso no es vedad. Ni se te o...

—¡Ya cállate, Jared! —dice Tyler Surfista—. Mejor vámonos, viejo.

Trey: Una excelente idea.

Jared: Esta ni siquiera es tu fiesta. No nos puedes botar.

Trey se ríe y otro del grupo se levanta la camiseta para revelar el mango de la pistola que sobresale de sus pantalones.

—Por supuesto que puedo, blanquito —dice Trey—. Ahora saca a tu grupito de aquí antes de que la cosa se ponga fea.

El de la pistola le sonríe a Jus.

—Tú y Don Billetes se pueden quedar si quieren.

Todos los de Jihad Negra se ríen.

Trey: Hermano, tú sabes que estos negros no quieren *janguear* con nosotros. Según ellos "están avanzando" y eso. Hay que estar conectado con tipos blancos para llegar a esa cima...

Le da un codazo al chico blanco que los acompaña y los dos se ríen.

—Ya vámonos —dice Jus.

Cuando se dan la vuelta, Justyce siente que Manny trata de llamar su atención, pero él clava la mirada al frente. Cuando salen y el aire frío de la noche les golpea el rostro, Jus oye que Jared le pregunta a Manny.

—¿Estás bien, hermano?

—Sí, todo bien —contesta Manny.

Cuando Jared se adelanta para hablar con los demás, Jus ve a Manny examinar su suéter amarrado, sus pantalones caquis, sus mocasines: todo el disfraz que armó sacando ropa de su armario. Se desata el suéter y se vuelve para mirar a Justyce.

Por un instante, se entienden.

Justyce se quita la gorra de la cabeza y la cadena falsa del cuello.

—¡Feliz Halloween, cabrones! —los despide Trey con un grito.

1 de noviembre

QUERIDO MARTIN:

Son las 2 a. m. y acabo de colgar con SJ.

   Qué locura.

   Todo empezó de forma inocente... Cuando llegué a mi casa a las 10:15 p. m., tenía una llamada perdida suya. Pensé que tendría que ver con el equipo de debate, porque ya casi es el torneo estatal, así que le marqué. Así fue todo:

SJ: ¿Bueno?

Yo: Hola, SJ. Es Justyce. ¿Me llamaste?

SJ: Tengo identificador de llamadas, Jus. No tienes por qué presentarte.

Yo: Ah, bueno.

SJ: (Se ríe.) Solo te llamaba para saber cómo había salido el experimento de don Imbécil Christensen a costa tuya y de Manny. Vi las fotos que subió y tuve que salir a trotar para evitar ir a la fiesta y darle un puñetazo en la cara a Blake.

Yo: Seh, no te preocupes. Alguien más te hizo el favor.

SJ: ¡No es cierto! ¿De verdad le pegaron?

Yo: Le arruinaron su capucha.

SJ: (Se ríe tan fuerte que casi se ahoga.)

Yo: Y... ¿qué tal tu noche?

SJ: No hay mucho que contar. Estuve casi todo el tiempo pensando en ti.

Yo: ...

SJ: Digo este... Perdón, eso sonó muy mal.

Yo: ...

SJ: ¿Sigues ahí, Jus? Por Dios, qué estúpida...

Yo: (Carraspeo.) Aquí sigo.

SJ: Uf. Menos mal.

Yo y SJ: (Silencio incómodo.)

Yo: Y, entonces... ¿cómo se suponía que sonara?

SJ: Pues... ¿lo decía por los disfraces? Digo, vi las fotos y me preguntaba cómo les estaba yendo en la fiesta.

Yo: Ah.

SJ: No me crees, ¿verdad?

Yo: ¿Por qué no? (Aunque por dentro pensaba: "Pues claro que no te creo nada".)

SJ: (Se ríe.) Yo no me creería.

Yo: ...

SJ: Para serte franca, me está gustando esto de dejar a Justyce McAllister sin palabras. Tal vez debería decir este tipo de cosas más seguido.

Yo: Cállate.

SJ: (Se ríe un poco más.) Y, bueno, ¿cómo estás?

Yo: ¿A qué te refieres?

SJ: Seguro que lo de la fiesta se puso incómodo, ¿no?

Yo: Te quedaste corta...

(Ni idea de por qué, pero le cuento a SJ cada detalle.)

SJ: Wow. Entonces, ¿los amenazaron con una pistola para que se fueran?

Yo: Sip.

SJ: Qué fuerte, Jus.

Yo: Ni me digas. Lo más extraño es que me siento raro por haberme ido.

SJ: ¿En serio? ¿Por?

Yo: Pues no importa qué decidiera hacer, estaba expresando algo en todo caso, ¿no? Si me quedaba estaba mostrando mi solidaridad con la gente con la que crecí, la que se parece a mí. Irme significaba otra cosa, y el hecho de que haya decidido largarme con un blanco que iba vestido del Ku Klux Klan... pues...

SJ: Mmm. Ya entendí.

Yo: Seh. Son los mismos que me decían "blanquito" cuando me ponía a leer en el recreo, mientras ellos apostaban centavitos a los dados. Sé que no hay excusa para la idea de que somos la misma "basura", como dijo el poli ese, Castillo; pero en cuanto vi el mango de la pistola saliendo del pantalón de ese tipo, sentí una punzada de dolor alrededor de las muñecas. Pensé, y te advierto que no es una idea linda: los imbéciles como Trey y su grupito son los que hacen que los polis crean que todos los negros andamos en cosas turbias.

SJ: Lo siento mucho, Jus.

Yo: No te disculpes, S. No es culpa tuya. Nunca había entendido por qué solo por tratar de hacer algo con mi vida, ellos me consideraban traidor a mi raza, pero sí hubo cosas que dijo Trey hoy que me pegaron.

SJ: ¿En serio?

Yo: Sí. Dijo que Manny y yo nos juntamos con Jared y el resto porque necesitamos a un blanco para llegar a la cima. Y lo podría debatir hasta quedarme azul, pero ¿no le dimos la razón al irnos con Jared y su banda?

SJ: Se podría interpretar así.

Yo: ¿Y si Trey tiene razón? ¿Y si, no importa lo que haga, los blancos siempre me van a considerar un nig... ya sabes qué?

(Qué bueno que me contuve, Martin.)

Yo: Seh, Jared siempre dice que somos iguales, pero eso no significa que él me considere su igual.

SJ: ...

Yo: Es un dilema: los blancos tienen la mayoría de los puestos de poder en este país. ¿Cómo lidio con el hecho de que sí los necesito para salir adelante, sin sentir que le doy la espalda a mi propia gente?

SJ: Ojalá que sea una pregunta retórica, Jus. Ni creas que yo te voy a dar la respuesta.

Yo: (Me río.)

Cambiamos de velocidad un poco después de eso, y cuando miré el reloj habían pasado tres horas. Llegamos al tema de la participación judía en el movimiento por los derechos civiles y terminé

contándole de este experimento de Ser Como Martin.
Dijo que estaba impresionada e intrigada. Entonces me
di cuenta de con quién estaba hablando y le dije que
me tenía que ir a dormir. Pero justo antes de colgar dijo
algo que no creo poder olvidar jamás.

SJ: Oye, Jus.

Yo: ¿Sí?

SJ: Me quiero disculpar contigo.

Yo: ¿Por qué?

SJ: Por pasarme de la raya en clase el otro día.

Yo: ...

SJ: Sé que pasó más de un mes, pero luego de esta
plática... No me correspondía hablar por ti. Lo siento
muchísimo.

    Oírla disculparse luego de que Blake no lo hubiera
hecho me caló hondo, Martin. Ahora no me la puedo
sacar de la cabeza.
    Lo cual es muy malo.
    No me malentiendas: SJ es genial. Hemos sido pareja
de debate desde que me uní al equipo hace dos años.
La única persona en la escuela que me conoce mejor
que ella es Manny.

Sí, es preciosa para ser blanca. Es alta, de pelo largo y castaño, y, aunque no sea culona, tiene un cuerpo de lacrosse bien apretadito.

Sí, es lista y graciosa y es fácil hablar con ella y es medio bravucona, lo que, ahora que la veo distinto, medio que me excita...

Pero, Martin, ¡no me puedo enamorar de SJ! Toda mi vida, mi mamá siempre me ha dicho: "Ni se te ocurra traerme una blanquita a casa". Estamos hablando de alguien que mira de soslayo a Melo por *parecer* blanca. ¿Te imaginas cómo reaccionaría si fuera SJ? (Melo y yo volvimos a cortar, por cierto).

Me estoy sintiendo culpable por hablar con SJ. ¡Más sobre raza! ¿Qué dice de mí que me haya ido de una fiesta con una bola de idiotas, pero que la única persona blanca que sí me trata como igual es de la que más quiero huir? ¡No puedo creer que le haya contado todo eso! Digo, es lindo y todo, pero... no puedo evitar sacudir la cabeza.

Tú eras el mejor, Martin. EL mejor. Y yo quiero ser como tú. "Convivencia entre personas y entre grupos", de verdad quiero eso...

Pero ya no estoy tan seguro de poder lograrlo.

Me voy a dormir.

JM

CAPÍTULO 6

Justyce no lo puede creer.

"¡FELICIDADES!" está escrito en letras grandes y brillantes frente a él, pero sigue sin poderlo creer.

Cuando se sentó frente a su *laptop*, esperaba tener que hacer clic en un montón de enlaces para llegar al resultado de su proceso de admisión. Pero, en cuanto entró a su cuenta en la página, un *bulldog* gigante llenó el monitor y la canción de guerra de Yale resonó, fuerte y hermosa.

Toma su teléfono y teclea.

Ella le contesta de inmediato.

—¿Bueno?

—¿S?

—¿Jus? ¿Todo bien?

—Entré, S.

—¿Qué?

—¡Entré, SJ!

—¿De qué ha…? Espérate, ¿¡ENTRASTE!?

—¡SÍ!

—¿Entraste? ¡¿Estás ADENTRO?!

—¡Sí!

—¡AYDIOS, AYDIOS, AYDIOS!

Justyce lee el monitor de nuevo y la noticia lo estremece con fuerza.

—¡TU AMIGO ES UN *YALIE*, S!

—¡QUÉ TREMENDO, JUS! ¡QUÉ TREMENDO! —grita.

—No me lo puedo creer.

Jus echa la cabeza hacia atrás y cierra los ojos. Todo lo malo que le ha pasado en los últimos meses se difumina.

Después de un momento, oye:

—¡Mamá, papá, Jus va a ir a Yale!

Y luego:

—¡Wow! ¡Felicidades, Justyce! —Es la mamá de SJ.

Y:

—¡Bien hecho, Jusmeister![2] —Es el papá de SJ, que le dice así desde la primera vez que fue a su casa a hacer cosas para el equipo de debate.

---

[2] La palabra *meister* se ha incorporado al inglés informal, y así se llama a la persona que posee un extenso conocimiento teórico y habilidades prácticas en su profesión, negocio u otra actividad.

—¡AHHHHH! ¡JUS! ¡Este es el mejor regalo de Hanukkah de la vida! ¿Te das cuenta de que esto significa que solo vamos a estar a hora y media de distancia?

Y entonces lo golpea.

El sentimiento.

El que hace que se le acelere el corazón y se le enturbie la cabeza cuando habla con ella, aunque solo sea a veces. Es diferente de lo que sentía por Melo... y eso es lo que lo asusta. Se da cuenta de que le marcó a SJ antes que a su mamá, y eso dice mucho más de lo que está dispuesto a escuchar.

—Me tengo que ir, S —dice.

—¡Está bien! Nos vemos mañana. ¡Qué EMOCIÓN!

Justyce sonríe muy a pesar suyo.

—Mucha.

Sí, esto tiene que parar.

—Gracias por llamarme para darme la noticia —dice ella—. Aprecio mucho que lo hicieras.

—Yo aprecio mucho que te emocionara tanto.

(Uy, no debió haber dicho eso).

—¿Es chiste? ¿Cómo no emocionarme?

Justyce carraspea.

—Que tengas linda noche, SJ.

—Tú también, Jus.

Jus y SJ: [Silencio].

Jus: Duerme bien.

SJ: Lo intentaré.

Jus: [Sonríe]. Buenas noches.

SJ: Sueña con los angelitos, Jus.

Pero Justyce no sueña nada. No puede dormir. Tiene demasiadas cosas en la cabeza.

Yale, en primer lugar. (¡Sueño hecho realidad!)

Y luego SJ. "¿Cómo no emocionarme?", le dijo.

¿Y qué se supone que haga él con esa información?

Llamó a su mamá en cuanto colgó con SJ, pero la llamada se fue al buzón de voz. Y, como no podía obligarse a soltar una noticia tan grande por mensaje, se fue a la cama con el pecho apretado porque SJ supiera lo de Yale antes que su mamá.

A la mañana siguiente, está sentado junto a la zona de *omelets* de la cafetería cuando oye que gritan su nombre.

Es ella. Y va directo hacia él, a toda velocidad.

—¡S! —grita Justyce y abre bien los brazos sin pensarlo.

Ella brinca hacia el abrazo y le envuelve la cintura con las piernas. Es... mucho.

Además, tiene puesto su uniforme, lo que significa que...

—S, sabes que traes falda, ¿verdad?

—¡Ay! —Se baja de golpe—. Qué pena.

Se ha sonrojado, así que se cubre la cara con las manos.

Tal vez sea lo más tierno que Jus haya visto en su vida.

Le agarra las manos a SJ para quitárselas del rostro. Le sonríe.

—Creo que es el mejor abrazo que me han dado.

Ella niega con la cabeza.

—No puedo creer que te haya atacado así. Estaba muy emocionada.

Jus se ríe.

—Yo también, S. Ojalá vayas a visitar a tu amigo de vez en cuando. Yo seguro que iré a verte.

Por la forma en la que se le ilumina la cara a SJ, es como si le hubiera propuesto matrimonio. No debería decirle esas cosas… y definitivamente no debería decírselas en serio.

Ella sonríe.

Él le devuelve la sonrisa.

Ella se le queda mirando.

Él también.

Se da cuenta de que siguen tomados de las manos y mira sus labios…

—Este… Hola, Jus.

Jus tuerce la cabeza a la derecha de golpe.

Melo.

Le suelta las manos a SJ.

—Este…

Cuando voltea de nuevo hacia SJ, se le está derritiendo la sonrisa.

Justyce ve los ojos verdes de Melo alternar entre él y SJ. La sonrisa de SJ está tan derretida que oficialmente es una mueca.

Melo carraspea.

—Ah, este... ¿Qué onda, Melo? —dice Jus.

—Esperaba que tú me lo dijeras, Justyce. —Pero tiene la mirada clavada en SJ.

Nadie habla.

Entonces:

—¡Bueno! Este... ¿Supongo que te veré en clase? —dice SJ.

Con la lengua hecha un nudo, Justyce la ve girar sobre sus talones e irse sin mirar atrás.

Cuando se vuelve hacia Melo otra vez, ella exhibe una sonrisita de satisfacción mientras ve alejarse a SJ. Justyce tose para llamar su atención.

Ella se vuelve hacia él y se cruza de brazos.

—Me enteré de que entraste a Yale —dice.

—Ey, así fue.

—¿Por eso la emoción de SJ?

—Sí. —Justyce traga saliva—. Ella va a ir a Columbia. Está bastante cerca.

Melo dirige su atención hacia la puerta por la que desapareció SJ.

—¿Así que ahora andan?

—¿Qué? ¡No!

—La vi saltarte encima, Justyce.

—No es eso, Mel.

Pero claro que lo es.

—Solo somos buenos amigos —dice hacia el aire—. Compañeros de debate. Ya sabes cómo es eso.

—Muy bien. —Da un paso hacia él. Jus se da cuenta de que no está convencida, pero eso tiene Melo: si quiere algo, hará lo que sea necesario para conseguirlo—. Estaba pensando que podríamos *janguear* pronto, los dos.

Le pasa un dedo por el centro del pecho y lo atora en el resorte de sus pantalones.

—Este, sí. —Se le quiebra la voz y todo—. Estaría, este... Estaría bien.

—Genial. En realidad, estoy muy triste de que me vayas a dejar aquí solita. ¿Estás seguro de que te quieres ir tan lejos?

Jus mira por encima de su hombro y se rasca la cabeza.

—Te llamo luego, ¿sí?

—Está bien —dice Jus.

Ella le aprieta el bíceps y le da un beso en el recoveco en el que se encuentran su cuello y su mandíbula.

—Adiós, Jus.

Jus no dice nada. Solo se queda mirando las nalgas de Melo mientras ella se aleja contoneándose.

CAPÍTULO 7

Justyce sigue mareado cuando llega a Evolución Social dos periodos después. Sabe que la cagó, pero no se le ocurre qué salió mal exactamente con cada chica.

Cuando entra al salón, Manny se le acerca y le pasa un brazo por los hombros.

—Doctor Dray, permítame presentarle a Justyce McAllister, futuro estudiante de Yale y mi mejor amigo.

—¡Hermano! —dice Doc mientras levanta la mano para chocarla—. ¡Eso es todo!

Su emoción saca una sonrisa a Justyce.

Desafortunadamente, en cuanto se sienta, SJ entra y ni siquiera voltea a verlo. Y pisándole los talones viene Jared Christensen, que lo fulmina con tal mirada que es raro que su cabeza no se incendie.

Suena la campana. Doc cierra la puerta y se vuelve hacia el grupo, pero antes de que logre decir "Buenos días", Jared tiene la mano en el aire.

Doc: ¿Sí, señor Christensen?

Jared: Hay un tema que me gustaría discutir hoy, señor.

Doc: Ok... Dinos.

Jared: Me gustaría discutir cómo la acción afirmativa discrimina a los miembros de la mayoría.

Justyce: [*Arquea las cejas.*]

SJ: No lo dices en serio.

Jared: Ah, claro que sí. Pensémoslo, ¿quieren? Soy el segundo lugar en calificaciones de nuestra generación, soy capitán del equipo de beisbol, hago servicio comunitario los fines de semana y saqué mejores resultados en los exámenes que Justyce..., pero él entró a Yale en la primera vuelta y yo no. Es un hecho que fue porque yo soy blanco y él es negro.

Doc: Esa es una inferencia bastante grande, señor Christensen...

Justyce: Espérate... ¿por qué crees que sacaste mejores resultados que yo?

Jared: Amigo, saqué 1580 en el SAT.

Manny: ¿Tú qué sacaste, Jus?

Justyce: 1560.

Jared: ¿Ves?

SJ: ¿Y en el ACT?

Jared: 33.

SJ: ¿Jus?

Justyce: 34.

Jared: ¡Mentira!

Doc: Cuidado, Jared.

Jared: Oiga, no hay manera de que sacara 34.

Justyce: ¿Por qué mentiría, viejo?

Jared: No tiene sentido…

Justyce: ¿Por qué no?

SJ: Porque desmiente su idea de que, como él es blanco, es más listo que tú.

Jared: ¿Por qué te metes, SJ?

Jus: Momento, hermano…

Doc: Estamos en un foro abierto, señor Christensen. Cualquiera en el salón puede contribuir a la discusión.

Jared: Como sea.

Manny: A ver si te estoy entendiendo, J. ¿Te molesta que Justyce sea tan listo como tú?

Jared: Ese no era el punto.

SJ: Dijiste que la acción afirmativa "discrimina a los miembros de la mayoría", y citaste la admisión de Jus en Yale y tu no admisión como evidencia de esa afirmación. Dejando de lado lo tremendamente racista que es suponer que tus resultados eran más altos que los de Justyce, la evidencia —que tú y Justyce están más o menos igual de calificados— invalida tu afirmación.

Jared: No invalida nada.

Justyce: [*Niega con la cabeza.*]

Jared: Si fuéramos iguales, habríamos entrado los dos.

Manny: ¿Te rechazaron?

Jared: Me difirieron.

SJ: Así que es probable que aún entres…

Jared: ¡Ese no es el punto!

Doc: Seamos profesionales, señor Christensen.

Manny: En serio, J. Tranquilo.

Jared: No, viejo. No quiero estar tranquilo. Tú más que nadie deberías saber la que me tocó en casa porque me difirieron.

Manny: Pero eso no tiene nada que ver con Jus, hermano.

Jared. Claro que sí. Le dieron el lugar que me correspondía porque Yale tiene que cumplir con una cuota…

Justyce: ¿Disculpa?

Jared: Solo digo los hechos.

SJ: Esos no son hechos, imbécil.

Doc: Sarah-Jane…

SJ: Justyce entró porque se lo merecía.

Justyce: Gracias.

Jared: ¡Yo también me lo merecía! La acción afirmativa es una basura.

Doc: Si no se pueden comportar, se acaba la discusión. Es la última advertencia.

Jared: Mi punto es que les da una ventaja injusta a las minorías. Así que, bueno, Justyce y yo somos "iguales" o lo que sea. Pero hay otras minorías, menos calificadas que yo, que van a entrar antes que yo. Eso no es justo.

SJ: Déjame preguntarte algo, Jared.

Jared: Cómo si tuviera opción…

SJ: Bueno, como no eres interno, tu colegiatura es igual a la mía… Vamos a redondearla para tener números bonitos y digamos que son treinta y seis mil dólares al año. Nuestros padres pagan al semestre, lo que significa que en siete semestres los tuyos han invertido… ¿Alguien trae calculadora?

Justyce: Ciento veintiséis mil dólares.

Manny: ¡Carajo!

Doc: [*Le echa una mirada de advertencia a Manny.*]

Manny: Perdón, Doc.

SJ: Por esa suma desquiciada de dinero, nos dan lo mejor de lo mejor de lo mejor. La colegiatura incluye *laptops*, tabletas y acceso a más bases de datos académicas que la mayoría de las universidades; tenemos las ediciones más actualizadas de todos los libros de texto universitarios; nuestra biblioteca es… ni siquiera te lo puedo describir; tenemos cursos de preparación para las pruebas incluidos en nuestro currículo desde que entramos a noveno grado, y estoy bastante segura de que algo así como el noventa y siete por ciento de los maestros aquí tienen doctorado, ¿verdad, Doc?

Doc: Algo así.

SJ: No podrías esperar menos por la cantidad de dinero que estás pagando, ¿no?

Jared: ¿Vas a algún lado con esto?

SJ: Sí. Ahora, digamos que tenemos a un chico negro —no Justyce, sino alguien más—, y los ingresos de su padre o madre soltera están por debajo del umbral de pobreza. Vive en una zona muy fea y va a una escuela pública con libros de texto de hace quince años y ni una sola computadora. La mayoría de los maestros acaban de salir de la universidad y se van después de un año. Han hecho algunas pruebas psicológicas en esa escuela, y descubrieron que la mayoría de sus estudiantes, nuestro chico incluido, sufren de baja autoestima y batallan con las pruebas estandarizadas por la "amenaza del estereotipo". Básicamente, nuestro chico sabe que la gente espera que le vaya mal, lo que le desata una severa ansiedad durante la prueba, que provoca que le vaya mal.

Doc: [*Sonríe*].

SJ: Ahora, borremos los contextos. Pongámoslo simple y digamos que, hablando de GPA, tú tienes 4.0 y él tiene 3.6. Tú sacaste 1580 en las pruebas, ¿no? Pues él sacó 1120. Basándonos solo en el GPA y las pruebas, ¿cuál de los dos es más probable que entre a una buena universidad?

Jared: Yo. Obviamente.

SJ: ¿Te parece justo? Has tenido acceso a muchas más cosas que él… ¿Sería justo que la universidad solo tomara en cuenta el GPA y las pruebas para determinar quién merece entrar?

Jared: No es mi culpa que a mis padres les alcance para mandarme a una buena escuela…

Justyce: ¿Y sí es su culpa que su mamá no pueda, viejo?

Todos: […]

SJ: No digo que el sistema sea perfecto. Sí, hay personas que legítimamente están menos calificadas y las prefieren a otras mejor preparadas, y sí, normalmente son personas de color en vez de blancas. Pero antes de decir que algo no es justo, deberías tomar en cuenta qué posibilidades tuviste tú y qué posibilidades tuvieron los demás.

Jared: Como sea. Lo que sé es que, no importa en qué universidad termine, cuando vea a alguien de una minoría, me voy a preguntar si de verdad está calificado para estar ahí.

Todos: […]

Justyce: Wow, ¿así de plano, Jared?

Jared: Digo…, esperen, no quería decirlo así…

SJ: Y ahí lo tienen, chicos.

Todos: […]

13 de diciembre

QUERIDO MARTIN:

¿Me puedes explicar por qué, no importa a dónde vaya, siempre habrá alguien que me quiera hundir?

Hoy me fui a casa porque decidí que quería darle en persona la noticia de Yale a mi mamá, y, aunque estaba extática, lo que vi al salir de casa me bajoneó tanto como la discusión de si "la acción afirmativa es una mierda" de la clase de hoy.

Básicamente, cuando doblé la esquina para ir a mi parada, Trey y una bola de tipos de Jihad Negra (el blanco incluido) estaban "echando cháchara", como decía mi abuelo. Cuando Trey me preguntó por qué c4r4jo estaba tan contento, se los dije.

Sí, yo andaba bien idiota, Martin.

¿Su respuesta?

—Ya volverás, listillo. En cuanto veas que los blancos no te quieren a la mesa. No les va a gustar que seas su igual, hermano. Nos vemos pronto.

Sonrió.

Creo que, si la discusión de Evolución Social hubiera sucedido algún otro día, lo habría ignorado. Digo, ¿y él qué sabe? Ni siquiera sé si sigue estudiando, y la única persona blanca con la que interactúa estaba ahí, a su lado, con el pelo rubio en trencitas y un implante dorado en los dientes que dice "SOCIO". Pero ¿Jared y Trey a la vez? Durante todo el viaje de vuelta al campus, las palabras de ambos estuvieron acechando mi confianza.

Lo de Jared con las pruebas me molestaba mucho. ¿Todo el tiempo anda diciendo que todos somos "iguales" y aun así creía que no me había ido tan bien como a él? Y NADIE me va a negar que no lo creía porque él es blanco y yo soy negro, Martin.

Y luego Trey..., ¿por qué insiste en menospreciarme? En serio, ¡es casi peor que Jared!

Es como si estuviera intentando escalar una montaña, pero un idiota estuviera tratando de empujarme hacia abajo para que no llegue a su nivel y otro me estuviera halando la pierna, tratando de llevarme al piso del que se niega a salir. Jared y Trey solo son dos personas, pero después de lo de hoy, sé que cuando vaya a Yale (porque sí voy a ir), voy a andar de paranoico creyendo que, cuando la gente me mire, es porque se pregunta si estoy calificado para estar ahí.

¿Cómo lidio con esto, Martin? Si te soy sincero, me siento un poco derrotado. Saber que hay gente que no quiere que triunfe me deprime. Sobre todo, si viene de dos direcciones distintas.

Me estoy esforzando por no rebajarme, como tú lo harías, pero voy a necesitar más que eso, ¿no?

¿De dónde sacaste el valor para seguir escalando a pesar de situaciones como estas? Porque yo sé que también te pegaron desde los dos bandos.

Voy a tratar de dormir para ver si despejo. Siéntete libre de aparecerte en mis sueños o algo así. Dime qué hacer, como hizo Babe Ruth con Benny en **Nuestra pandilla** (me encanta esa peli, Martin).

Justyce

P.D. En un tema aparte, ¿sabes algo de triángulos amorosos? Me siento como imbécil porque ahí estaba SJ, animándome, mientras que Melo —como de costumbre, solo pensando en sí misma— me quería retener. ¿Y yo qué hice? Capitulé ante las curvas (y, bueno, ante el miedo de lo que podría decir mi mamá si no logro mantener a SJ en el extremo más profundo de la **friend zone**).

Yo no sé nada de esto. ¿Cómo acabé aquí metido? No soy mal parecido, pero ¿**dos** chicas preciosas peleándose por una J-Mac?

No puedo con esto, Martin.

CAPÍTULO 8

Antes de que Justyce tenga tiempo de hundirse en el sofá del sótano de los Rivers, Manny ya está diciendo tonteras:

—Entonces, ¿cuánto tiempo más planeas esconderme cosas? —pregunta sin quitar la vista de la película que está viendo en *silencio* mientras una vieja canción de Deuce Diggs retumba en las bocinas.

—Ni siquiera voy a fingir que sé de qué hablas —contesta Jus—. Oye, ¿qué álbum es? Creo que nunca había oído esta versión.

—Es un variado de hace unos años. No me cambies el tema.

Jus se vuelve para mirarlo.

—¿Qué tema?

—¿Quién te trajo hasta acá, hermano? —pregunta Manny.

—SJ. Lo que ya sabías por el mensaje de "Le voy a pedir un *ride* a SJ" que me contestaste hace quince minutos.

—Exaaaacto.

—¿Exacto qué?

—Tú y SJ.

—¿Yo y SJ qué?

Manny se le queda mirando como si acabara de decir que dos más dos suman cinco.

—¿Qué, Manny?

Manny niega con la cabeza.

—Creí que éramos amigos, Jus.

—Como quieras. Sube el volumen de la tele —dice Justyce mientras se pone las manos en la nuca.

—Solo dime desde hace cuánto.

—¿Desde hace cuánto qué, idiota?

—¡Desde hace cuánto andas con SJ, viejo! ¿Por qué te haces el tonto?

Jus voltea los ojos, exasperado.

—No ando con SJ, Manny.

—Todo el mundo lo sabe, viejo.

—¿Todo el mundo sabe qué?

—Que vas a su casa todos los días. Ya sabes que Jessa Northup es su vecina. Nos contó. Dice que los papás de SJ están obsesionados contigo. Que te dicen Jusmeister, y cosas así.

Jus se pasa las manos por la cara. Sabía que Jessa era chismosa, pero, carajo.

—En primer lugar, pareces una mujercita con tus chismes. En segundo, no voy a su casa todos los días. En tercero, cuando sí voy, es por el equipo de debate. Y en cuarto, que les caiga bien al señor y la señora F es irrelevante.

Manny voltea los ojos, exasperado.

—¿Así que solo vas por el equipo de debate?

—Sí, Manny. El torneo estatal es en tres semanas y media.

—Bueeeno... ¿y nunca hablan de otra cosa?

Justyce frunce el ceño.

—Digo, a veces hablamos de otras cosas, pero...

—¡Ves! ¡Hay algo entre ustedes, viejo! ¡Se te nota en la cara!

Justyce niega con la cabeza y se acomoda en el sofá.

—Ya no quiero hablar de esto. ¿Vas a subir la tele o qué?

—¡Soy tu mejor amigo, Jus!

—Mira, viejo —dice Jus mientras se endereza y se vuelve para mirarlo a los ojos—. Solo te lo voy a decir una vez, así que escúchame bien, ¿sí? No está pasando *nada* entre SJ y yo.

Manny le devuelve la mirada.

—Yo sé que te gusta, Jus. Y es obvio que tú le gustas a ella...

—No importa —declara Jus mientras se hunde de vuelta en el sofá.

—Pero sí importa...

—No, no importa.

—Estás loco, viejo. SJ está preciosa, y además es perfecta para ti.

—Ya déjalo.

—Por favor, Jus…

—¡Ya te dije que no importa, Manny!

—¿Por qué no?

Justyce respira hondo.

—Manny, la ira de mi mamá incendiaría todo el barrio.

—¿Qué?

—SJ es blanca.

Manny se reclina hacia atrás, se lleva una mano al corazón y finge sorpresa.

—¿Qué? Es chiste, ¿verdad?

—Cállate, idiota.

—Como quieras —lo desdeña Manny—. No es blanca blanca. Es judía. No es lo mismo.

Jus suspira.

—Ellos también fueron esclavos, *hermanito*. Y luego el Holocausto. Incluso ahora…

—Sí te entiendo, pero eso no le va a importar a mi mamá. SJ es de piel blanca.

Manny no contesta.

—A mi mamá eso no le gusta nada.

Aún no hay respuesta. Justyce exhala.

—Sin afán de ofender, Jus, quizá eso sea lo más estúpido que haya oído en mi vida —dice Manny por fin.

Jus se encoge de hombros.

—Es lo que hay. Y, como hacer encabronar a mi mamá no está muy alto en mi lista de pendientes, SJ y yo somos estrictamente amigos. Además, Mel volvió a hablarme.

Manny se golpea la frente con la palma.

—Me equivoqué —dice—. Eso es lo más estúpido que he oído en mi vida.

—Cállate, viejo.

—Jus, si Melo y SJ son una encrucijada en el camino de tu vida, estás tomando un callejón sin salida, amigo.

—¿De dónde sacas esas tonterías, Manny?

—Yo solo te digo. Con mamá o sin mamá, estás tomando la decisión incorrecta.

Jus bufa, burlón.

—Sin afán de ofender, pero me niego a recibir consejos amorosos de alguien que nunca ha tenido novia.

—¡Óyeme! Solo porque no quiera una novia seria de momento no significa que no sepa qué se requiere para mantener una relación.

—Uf, aquí vamos.

—Es en serio, Jus. ¿Te crees que no he aprendido nada de ver a mis papás durante los últimos diecisiete años y medio?

—Como quieras, viejo. ¿Podemos dejar el tema, por favor?

Se quedan en un silencio denso, con los ojos perdidos en la pantalla inmensa ante ellos, pero sin ver de verdad la película.

De la nada, Manny dice:

—Sí sabes que tengo el problema opuesto, ¿verdad?

—¿Qué?

—Te voy a decir algo, pero no te rías de mí, ¿ok? Te voy a confiar un secreto oscuro y profundo.

Jus arquea una ceja.

Manny inhala y llena los cachetes de aire antes de sacarlo.

—Me asustan las chicas negras, viejo.

—¿Qué?

—Las chicas negras. Nunca he conocido a una que no sea mi pariente.

—Ok…

—No hay ni una en nuestro año, como ya sabes, así que las únicas que conozco son mis primas, y son… demasiado.

—¿Demasiado?

—Son muy echadas pa'lante y como muy… —Manny traga saliva—. Como muy gueto.

Justyce no sabe qué decir. No es como si él tuviera mucha experiencia en ese ámbito tampoco. Melo es mitad negra, pero definitivamente no es el tipo de chica a la que se refiere Manny.

Su amigo continúa.

—Ya sé que es un estereotipo y todo eso, pero literalmente no conozco nada más. Mis papás están todos emocionados de que vaya a Morehouse el año que entra, pero yo me estoy cagando de los nervios.

—¿Y eso?

—Tú eres mi único amigo negro. ¿Se supone que pase de un mundo totalmente blanco a uno totalmente negro de la noche a la mañana?

Jus no contesta.

—En fin. Perdón por soltarte todo eso.

Jus se encoge de hombros.

—No pasa nada.

—Debí haberme postulado a Princeton o algo. Habría sido más familiar —suspira Manny.

Jus le sacude el hombro.

—Vas a estar bien, viejo. Estoy seguro de que habrá muchos socios con los que te puedas llevar en Morehouse como conmigo.

—Lo que me preocupa es Spelman. Ya sabes que está ahí al lado. Y está *lleno* de chicas negras.

Jus se ríe.

—Y ya sabes que me encantan las mujeres, viejo. ¿Y si voy allá y no le gusto a ninguna?

—Ojalá supiera qué decirte, Manny. Lo único que sé es que no todas son iguales, como no somos nosotros iguales.

Manny asiente.

—*Touché.*

Se quedan callados de nuevo.

Luego:

—Jus, voy a decir una última cosa y luego te dejo en paz.

—Ay, Dios. Aquí vamos.

—Entiendo que quieras complacer a tu mamá. La única razón por la que yo voy a ir a Morehouse es porque ha sido el sueño de mis papás, graduados de SpelHouse, desde que descubrieron que iban a tener un hijo. Pero perderte de algo bueno porque tu mamá no lo aprobaría... No lo sé, viejo. Sobre todo si es por algo tan tonto como la raza.

Justyce bufa, incrédulo.

—Sigues haciendo eso de MLK, ¿no? ¿Qué crees que haría él?

—Ni idea, sobre todo tomando en cuenta que doña Coretta era negra.

—Cállate. Ya sabes a qué me refiero. Si vas a hacer esto de "ser como Martin", hazlo en serio. Negarte a salir con alguien solo porque es blanca no es lo que King haría, hermano.

Justyce lo fulmina con la mirada.

—Sabía que no debía contarte nada, infeliz.

Manny sonríe satisfecho y toma el control remoto de la otomana. Luego se despatarra en el sofá y le pone sonido a la película.

CAPÍTULO 9

Justyce está tan concentrado en el inminente torneo estatal de debate que casi ni se percata de que Navidad y Año Nuevo pasan volando. Por supuesto, la mañana del torneo es lo último en lo que piensa.

En primer lugar, antenoche cortó otra vez con Melo, casi de seguro que por última vez. Mientras estaba ahí en su sótano, oyéndola divagar sobre cosas que no influían en nada que importara, las palabras de Manny retumbaban por su cabeza como una alarma contra incendios: "Si Melo y SJ son una encrucijada en el camino de tu vida, estás tomando un callejón sin salida".

Hablando de SJ, ella es la otra razón por la cual no se puede concentrar. Cuando la ve salir del elevador del hotel, sonriéndole como si él hubiera amanecido, se le funden los sesos. A pesar de que aclararan las cosas un día después de su duelo con Melo en la cafetería —Jus:

"Perdón por hacerte a un lado, S". SJ: "Te perdono, inútil. Que no vuelva a pasar"—, al verla ahora entiende lo idiota que ha sido. Sobre todo, considerando el traje falda a la medida y los tacones que trae puestos.

—¿Estás listo? —le pregunta en cuanto se para junto a él.

Él solo se le queda mirando.

A SJ se le borra la sonrisa y se toca una mejilla.

—¿Qué? ¿Tengo algo en la cara?

—No —carraspea Justyce—. Es solo que te ves muy bien.

—Ah. Gracias.

Ella se sonroja. Justyce piensa que podría sufrir una combustión espontánea.

SJ guiña un ojo y le da un tironcito a la corbata, que combina con el marrón profundo de su traje, justo como planearon.

—Tú tampoco tienes mala pinta —le dice.

En ese instante, Doc dobla la esquina, saliendo del bufé de desayuno con el resto del equipo pisándole los talones.

—¡Buenos días, mis cachorros de león! —Se para entre Justyce y SJ y les pasa un brazo sobre el hombro a cada uno—. ¿Listos para la batalla?

—Obvio, microbio…

—Cuidado, señorita Friedman —dice Jus imitando la voz de Doc.

Doc y SJ se ríen.

—Pero, ya en serio —dice Doc—, sé que no les toca hasta después del almuerzo, pero ¿se sienten bien listos?

Lo que no les está diciendo es que todavía no acaba de entender por qué sus dos mejores discípulos decidieron renunciar a las rondas del torneo en las que de verdad se debate y concentrarse solamente en argumentación avanzada en parejas.

En otras palabras, solo tienen una oportunidad.

—Estamos más listos que nunca —dice SJ.

Estira un brazo para apretarle la mano a Jus. Jus se vuelve para mirarla y ella sonríe.

Justyce no tiene idea de cómo logrará sobrevivir el día entero.

A decir verdad, Jus y SJ no se habían decidido por un tema hasta unas semanas antes. Estaban en el sótano de ella. SJ estaba de piernas cruzadas, sentada en una enorme silla de mimbre que el señor F había importado de Israel. Tenía la *laptop* abierta sobre las piernas, y Jus rodeaba y rodeaba la mesa de billar, usando el taco como báculo de hobbit, tratando de no comerle las piernas con los ojos.

Suspiró al pasar de nuevo junto a ella.

—Tal vez solo deberíamos concentrarnos en la "amenaza del estereotipo". Tenemos un argumento sólido.

—Sí, salvo por el hecho de que no afectó en absoluto al tipo que va a presentar el tema —contestó ella con una sonrisa burlona.

—Bueno, tenemos que escoger algo, S —dijo Jus—. Pero ya. Se nos está acabando el tiempo...

—Ya sé, ya sé. Espérame un momento, ¿quieres? Estoy haciendo algo.

SJ siguió tecleando y la mente de Jus divagó hacia otro lado. Durante los últimos días, había caído en la cuenta de que ese sería su último torneo con ella. Cuando terminara, su excusa para pasar tiempo juntos se acabaría también.

¿Y entonces qué haría?

Se volvió para mirarla otra vez. Traía puestos los lentes y se había recogido el pelo en un nudo desarreglado. Este era el modo en que prefería verla. Sí, recién anoche había estado en casa de Melo —y definitivamente para nada académico—, pero estar con SJ era... diferente. No quería dejar de pasar tiempo con ella, pero tampoco tenía idea de cómo lograrlo.

—¡Dios mío!

—¿Qué?

—¡Creo que lo logré! ¡Ven!

SJ descruzó las piernas y le hizo espacio a Jus en la silla. Mientras él se apretujaba a un lado y sentía todo su costado derecho presionado contra el de ella, tuvo que respirar hondo con disimulo —olía a fruta y flores— y obligarse a concentrarse.

—Mira esto —dijo SJ rotando el monitor para que él pudiera verlo. El artículo se llamaba "El mito del super-depredador"—. El resumen es que, allá en los noventa, unos investigadores muy sofisticados predijeron que la cantidad de crímenes violentos cometidos por varones afroamericanos adolescentes se dispararía en los años venideros. La "autoridad" en el tema llamó a esos criminales en potencia *superdepredadores*.

Justyce ya sabía sobre el mito del superdepredador. Había descubierto el asunto mientras trataba de afrontar su trauma por haber sufrido el perfil racial que le hizo la policía. Pero dejó que SJ continuara porque ¿cuándo podría volver a verla concentradísima en su investigación para el debate y hablando a un millón de millas por hora? La iba a extrañar.

—Afortunadamente, la predicción fue incorrecta —continuó—. Los índices de delincuencia entre los jóvenes se desplomaron.

Jus sonrió:

—¿Y luego?

—Desafortunadamente, parece que el miedo a los adolescentes negros inventado por esa investigación sigue vivito y coleando —explicó ella pasándole el dedo por la muñeca.

Yyyyy hora de levantarse.

Jus volvió a dar vueltas.

—¿Y hacia dónde quieres llevar esto, S?

—Bueno, estaba pensando armar un argumento sobre perfiles raciales.

Jus se detuvo en seco.

—No lo dices en serio.

—Claro que sí.

—Te volviste loca, eso es lo que me estás diciendo.

—Ay, por favor. ¿Qué tenemos que perder?

—Pues, ¿el torneo?

—Al diablo el torneo. —Cerró la *laptop* y se le acercó—. Esto es algo que la gente necesita oír, Jus. ¡Es una mina de oro argumentativa!

—Mmm...

No es que Jus no creyera que pudieran armar un argumento sólido. Ella tenía razón: las cifras hablaban por sí solas. ¿El verdadero problema? No quería ser el tipo negro al que acusaran de "jugar la carta de la raza" en un torneo estatal.

Se volvió hacia ella, lo que quizá fuera una mala idea por aquello de los sentimientos.

—No lo sé, S.

—No dormí en una semana después de lo que te pasó, Jus —dijo SJ—. Ya sé que tal vez estemos tirando al caño nuestra oportunidad de ganar, pero si logramos presentar los datos y hacer que la gente piense un poquito, habrá valido la pena, ¿no?

Jus no dijo nada.

SJ le pasó un brazo sobre los hombros y puso un seno contra su bíceps.

—Es nuestra última vez —dijo—. Hay que hacer que la recuerden.

—S...

—¡Por favooooor, Jussy! —suplicó con un puchero.

Jus suspiró. No había manera de rechazarla.

—Bueno —dijo—. Pues hagámoslo.

Debido a su récord combinado en esa temporada —dos victorias, una derrota y un empate—, Justyce y SJ son la última pareja de su división en presentar su argumento. Cuando los llaman, salen a la luz deslumbrante del escenario y se acercan a los podios. Las únicas personas que Jus logra ver son los tres jueces.

El juez central dice: "Pueden comenzar", y SJ se lanza a la introducción. Con su última oración: "Vinimos a argumentar que las disparidades raciales en el sistema penal de justicia estadounidense se deben en gran parte a los perfiles raciales", un murmullo se expande entre la audiencia. A Jus se le estruja el estómago y una gota de sudor le escurre por el costado desde la axila. Dos de los jueces tienen expresión de plomo, pero cuando mira a los ojos a la tercera —una señora blanca—, esta le asiente.

Jus recorre con la mirada a los tres jueces mientras él y SJ los ametrallan con las estadísticas que apoyan su argumento: uso de drogas contra cifras de arrestos por drogas; cifras de arrestos en zonas policiales pobladas por minorías, contra las cifras en las pobladas por personas blancas... Para cuando llegan al tema del superdepredador, los tres jueces están embelesados. Entonces, Jus se da cuenta de que SJ tenía razón: sin importar si ganan o no ese torneo, él necesitaba hablar de eso en un foro público.

Cuando terminan, Jus siente que está en un sueño. Él y SJ pasan tras bambalinas y su equipo los inunda de besos y chocadas de manos. Doc, con los ojos visiblemente húmedos, le dice lo orgulloso que está de él, y una chica linda de otra escuela le lleva un poco de agua con su teléfono escrito en el vaso. Jus ve a SJ tirarlo a la basura cuando cree que no se da cuenta, y un chico negro de otro equipo le hace una seña de aprobación desde el otro lado de la sala.

No tiene idea de cuánto tiempo transcurre entre que bajan del escenario y oyen al maestro de ceremonias regresar para anunciar los resultados, pero, cuando se da cuenta, Doc y el resto del equipo vuelven en fila a sus asientos.

Nada se siente real.

Sin pensarlo mucho, le pasa un brazo por los hombros a SJ. Ella se vuelve para abrazarlo y, cuando le entierra la cara en el cuello, él le pone el otro brazo en la cintura.

Respiran.

El maestro de ceremonias anuncia el tercer lugar. No son ellos. SJ inhala y Jus siente sus costillas expandirse. Cuando el maestro de ceremonias anuncia el segundo y tampoco son ellos, Jus la aprieta más fuerte.

—S, solo quiero deci…

—Shh. Luego me dices.

—Qué mandona.

Ella suelta una risita. Lo hace sentir mejor de lo que se ha sentido en mucho tiempo.

—Y nuestros campeones estatales en la división de argumentación avanzada en parejas: de la Academia Preparatoria Braselton, ¡Justyce McAllister y Sarah-Jane Friedman!

No se sueltan.

13 de enero

Creo que estoy perdiendo la cabeza, Martin.

He evitado escribirte sobre este tema porque en realidad no influye en absoluto en el experimento de Ser Como Martin. Por otro lado, supongo que esto podría considerarse un intento fallido de "integración romántica" o algo así... En fin, después del sueño que acabo de tener —que definitivamente no pondré aquí, porque no es apropiado—, tengo que sacarme un par de cosas del pecho.

SJ y yo ganamos nuestra división del torneo estatal de debate. Cuando regresamos tras bambalinas luego de recibir nuestras medallas, todo se sentía diferente. No podía dejar de pensar en la manera en la que nos estábamos abrazando justo antes de que anunciaran a los ganadores, así que cuando se giró hacia mí, toda hermosa, supe que era el momento. Ya no me iba a resistir.

Estábamos ahí, sonriéndonos, así que miré sus labios y me incliné para cerrar el trato...

¡Y se volteó! ¡Simplemente giró ciento ochenta grados y empezó a caminar en dirección contraria! "¿Ves a Doc por algún lado?", me preguntó por encima del hombro.

¡Ella sabía que estaba a punto de besarla, Martin!

Me evitó durante el resto de la noche, y luego, el domingo por la mañana, se negó a hablar conmigo en el trayecto de vuelta a la escuela, los dos solos en su auto. Subió la música a todo volumen como si yo no estuviera ahí sentado.

Y LUEGO, cuando llegamos al dormitorio y abrí la puerta, me dice: "Felicidades de nuevo por ganar el torneo". (¿Como si no acabara de ganarlo conmigo?). "Ha sido un placer trabajar contigo, y sé que te irá muy bien en Yale. ¡Nos vemos, Justyce!".

Me tomó un momento entender la indirecta e irme porque estaba tratando de averiguar la identidad de ese extraño *cyborg* y qué rayos le había hecho a mi pareja de debate / buena amiga / chica a la que tenía muchas ganas de besar / SJ.

En cuanto agarré mis cosas y cerré la puerta, se fue. Así como así.

¡Y yo que estaba dispuesto a ir contra los deseos de mi mamá por ella, Martin!

No sé qué pasó. ¡Creí que todo iba bien! Te juro que desde que Manny me regañó por no ser como tú, SJ y yo hemos sido más cercanos que nunca. Teníamos una química increíble... Sé que no leí mal las señales, ¿verdad?

Ahora no tengo idea de qué hacer. No puedo comer. Apenas si puedo dormir. No me puedo concentrar... No importa a dónde mire, algo me la recuerda.

No puedo pasar junto a una chica de pelo castaño sin volverme para mirarla. Manny está en su etapa Carrie Underwood, que es lo que SJ ponía de fondo cuando trabajábamos los debates en su casa. Hasta me fui a dormir con mi mamá anoche creyendo que estar con ella ayudaría, pero cuando llegué, ¡estaba viendo *Judge Judy!* (SJ jura que es pariente de Judge Judy).

Así que supongo que debería dejarlo ya, ¿no? No puedo obligarla a hablarme si no quiere...

Me hace sentir horrible, pero no dejo de ver en mi mente las calaveras de su auto alejándose.

Qué importa. Me rindo.

Voy a tratar de dormir.

J

CAPÍTULO 10

Pero Justyce no duerme. Ni esa noche ni el resto de la semana.

Y no solo por SJ.

Un par de días después de que le aplicara la ley del hielo, él y el resto del país se enteran de que Tavarrius Jenkins, un chico negro de dieciséis años, al que le disparó la policía mientras intentaba ayudar a una mujer blanca con un Lexus, murió por sus heridas.

El viernes, después de la escuela, Jus entra al salón de Doc queriendo hablar al respecto y descubre que le ganaron: SJ está ahí, deshaciéndose en llanto. Por mucho que quiera dar media vuelta e irse, no logra moverse.

Verla ahí —incluso como amiga—, rota, lo hace sentir tan indefenso como en la noche en que lo arrestaron. Y, por la mueca con la que ella lo mira, no puede evitar preguntarse si no será, al menos en parte, responsable por sus lágrimas.

Pero ¿cómo? ¿No fue ella la que lo rechazó a él?

Luego de mirarse durante lo que se siente como una eternidad, SJ se limpia la cara, agarra sus cosas y camina hacia la puerta. Cuando Doc la llama, ella no le contesta y sale rápidamente. Entonces Doc se vuelve hacia Justyce:

—¿Qué se trae?

—¿Ah, no sabe? —pregunta Justyce, listo para girar e irse también. Pero se deja caer en un pupitre.

Doc se cruza de brazos y frunce el ceño.

—La verdad es que no, Jus.

—Pues qué lástima —dice Justyce mirándolo directo a los ojos—. Tenía la esperanza de que usted me lo aclarara.

Ni hay que decir que Jus ya no tiene ganas de hablar. En cuanto cree que ha pasado suficiente tiempo para que SJ se vaya del campus, se despide de un azorado Doc y se va a su dormitorio.

Apenas acaba de adormilarse cuando un toque en la puerta lo devuelve a la vigilia.

—¿Quién es?

—Ábreme, infeliz.

Es Manny.

Jus se obliga a levantarse e ir a la puerta.

—¿Qué te pasa, hermanito? —dice al abrirla.

—Óyeme, tranquilo. —Manny se mete al cuarto casi a empujones, y con él su olor a postentrenamiento de básquet—. ¿Estás dormido o qué?

—Obviamente no si estoy aquí hablando con Su Apestosidad. Te urge un baño.

—Cállate. Es viernes en la noche y hay que salir. Vístete y nos vamos.

Jus regresa a su cama.

—Lo siento, viejo. No tengo ganas de salir hoy.

—No fue una pregunta, Jus. Ni creas que no me he dado cuenta de lo bajoneado que has estado esta semana. Estar solo en tu estado actual no es bueno para tu salud mental, viejo. Hoy es la fiesta de cumpleaños de Blake, y vas a venir conmigo.

—No. Claro que no.

—Bueno, pues está bien. —Manny arrastra la silla del escritorio de Jus hacia la cama y se sienta—. ¿Quieres quedarte en cama? Perfecto. Su Apestosidad se quedará aquí contigo.

—¡Ay, por favor, Manny! Lárgate de aquí —se queja Jus tapándose la nariz con la almohada.

Manny se quita los tenis con los pies y se pone las manos detrás de la cabeza, para desatar todo el poder de su aroma en el cuarto. Se sonríe.

A veces, Jus no puede soportarlo.

Respira hondo. Mala idea.

—Carajo, hermano. Apestas. Bueno pues, vamos.

—¡Genial! —Manny se pone de pie con un brinco—. Voy por mi auto. Nos vemos abajo en diez.

—Sí, sí.

—No te vas a arrepentir, viejo.

Manny sale y deja la puerta abierta.

∽

Justyce de verdad no está de humor para andar recibiendo la bebida de calentamiento que le embute Manny en la mano en cuanto llegan a su sótano. Nunca lo diría en voz alta, pero preferiría estar viendo National Geographic en casa de SJ que estar ahí, esperando a que su amigo se aliste. Solo pensar en ella lo desquicia. Cuando se da cuenta, tiene el vaso vacío y está agarrando la anforita que dejó Manny en la otomana.

—Óyeme, ¿estás llorando, hermano? —le pregunta Manny cuando al fin sale de su cuarto oliendo como si se acabara de bañar en Armani Code.

—No, hermano, todo bien. —Justyce se limpia la cara con la manga—. Se me metió algo en el ojo.

Manny se sienta.

—¿Todo esto es por SJ?

—¿Eh?

—Me enteré de lo que pasó en el torneo.

No puede ser en serio.

—¿Qué te contaron?

—Que la trataste de besar y te dejó plantado.

Jus niega con la cabeza.

—¿Cómo hiciste para enterarte de eso?

—Es una escuela chica —contesta encogiéndose de hombros—. La gente habla.

Jus no contesta.

—Estabas enamorado de ella, ¿eh? ¿Traes el corazón roto y eso?

—Ey, tranquilo, hermanito. Bájale dos rayitas.

—Jus, estás aquí llorando por…

—No estoy llorando, Manny.

—Como quieras, tonto. —Manny se acuclilla y mira hacia el techo—. Eso tiene que ser amor.

Se quedan callados un rato, Manny haciendo cualquier cosa y Jus tratando de sacar a SJ de su mente. Cambia el embrague al otro tema que lo acecha:

—¿Te enteraste de lo de Tavarrius Jenkins?

—Al que le dispararon en Florida, ¿no?

—Sí. Se murió ayer.

—Carajo. Qué triste.

—No dejo de pensar que pude ser yo. ¿Y si ese poli hubiera pensado que traía pistola?

—Pero no traías una.

—Tavarrius tampoco —dice Jus, sintiendo crecer su cólera—. Ese es justo mi punto. El pobre iba caminando por la calle con sus socios y se detuvo para ayudar a una mujer que se quedó sin gasolina en el barrio equivocado. Llegan los polis y le dicen que alce las manos porque creen que la está asaltando, y cuando las levanta, abren fuego porque creen que su teléfono es una pistola. Esto está jodido, viejo. —Agarra la anforita de nuevo y le da un trago—. Están matando negros por cargar con dulces o teléfonos o cualquier mierda. ¿Te imaginas qué me hubiera pasado si hubiera sacado mi celular esa noche? Podría estar muerto, hermano. ¿Y para qué?

Se da otro trago solo para sentir el ardor en su boca.

—Bueeeeno, está bien. —Manny le quita la anforita y le da una palmadita en la rodilla—. Vamos a la fiesta de B. Es obvio que te hace falta distraerte.

Una parte de Justyce quiere sacudir a Manny. Preguntarle por qué le importa más la estúpida fiesta de ese blanquito que la muerte injusta de un chico que se parece a él.

Qué lástima que no le queden fuerzas.

—Bueno, ok —dice—. Vamos.

Quizá si Justyce no se hubiera zampado la otra mitad del líquido en la anforita de camino a casa de Blake, los *jockeys* de madera que vigilan el jardín, al pie de su porche, con su piel negra y sus labios grandes y rojos, no le molestarían tanto. Es muy probable que si se la hubiese "tomado suave", como le sugirió Manny, no sentiría furia al ver que el muro detrás del bar en el sótano está adornado con carteles de *El Gran Espectáculo Minstrel de William H. West*.

Pero Justyce no se la tomó suave, sino que siguió bebiendo hasta que Manny literalmente le arrebató la anforita y la metió en el compartimiento de la puerta del chofer, donde él no pudiera alcanzarla. Así que cuando el cumpleañero llega corriendo a ellos, Jus está a punto de estallar.

Manny: ¡Feliz cumpleaños, socio!

Jus: Sí, feliz cumpleaños.

Blake: ¡Hermanos! ¡Qué bueno que pudieron venir!

Manny sonríe y le guiña un ojo a Justyce, como diciendo: "Te lo dije".

—Oigan —continúa Blake. No hay duda de que también ha estado tomando—. Vino una negrita de la preparatoria Decatur con un culote, y pensé que podrían ayudarme a ligarla. Tiene las nalgas más grandes que he visto en mi vida, y creo que si conoce a mis *niggas*, tendré oportunidad de llevármela arriba. ¿Qué dicen? —concluye con una sonrisa y un empujoncito amistoso a Jus.

La sonrisa de Manny se desploma. Se vuelve para mirar a Justyce, casi como si supiera que todo está a punto de irse al carajo.

—¿Está hablando en serio este idiota? —dice Jus.

Blake se ve confundido.

—Tranquilo, Jus —dice Manny.

—No, nada de tranquilo. Tu amigo tiene gnomos racistas en el jardín, blancos con caras pintadas de negro colgando de las paredes, ahora nos sale con esto, ¿y tú quieres que yo esté tranquilo?

Blake pone en blanco los ojos.

—Nada de eso es mío, viejo. Un tío abuelo de mi mamá actuaba en ese espectáculo, así que colgó los carteles. No es gran cosa.

—Que nos vengas a pedir que te ayudemos a usar a una chica negra sí es gran cosa, Blake. Sin hablar de que andes usando la palabra como si te perteneciera.

Blake: Tampoco te pertenece a ti, hermano. Ninguna palabra le pertenece a nadie. Pensaría que tú lo sabrías, ya que eres "tan listo" que puedes entrar a Yale.

Manny: Oigan, cálmense antes de que esto se nos salga de las manos.

Justyce: Ya se nos salió de las manos, Manny. Tu amigo Blake es un racista.

Blake: ¿Qué te traes tú que siempre usas la carta de la raza?

Justyce: Nosotros. Porque si miras bien te darás cuenta de que Manny también es uno de nosotros, ¿no?

Blake: Pero él es sensato y no mete la raza en todo. ¿Por qué no te relajas y ya, carajo?

Justyce: Qué lástima que no estabas presente para decírselo al poli que me esposó por tratar de ayudar a mi chica.

Blake: Tu exchica, más bien, ¿no? ¿No te botó?

En ese momento, Jared y Tyler se acercan, cada uno con un vaso rojo en una mano y una cerveza en la otra.

—¡Oigan! —dice Jared.

Justyce solo se enoja más.

Jus: Estoy harto de que se comporten como si tuvieran permiso para todo.

Jared: Tranquilo, viejo. ¿Qué se te metió?

Tyler: [*Se ríe.*]

Jus: Vete al carajo, Jared.

Jared: Oye…

Blake: Mira, no les faltes el respeto a mis amigos en mi fiesta.

Manny: Ya vámonos, Jus.

Jus: [*Señalando a Blake*.] Será mejor que te cuides, socio.

Blake: ¿Me estás amenazando?

Jared: [*Se ríe*.] Mejor cuídate, B. Ya sabes que Justyce es de barrio. Va a llamar a sus matones para que te rompan el culo y te metan unos plo...

Para entonces, Jus ya está viendo más que rojo, le laten la mano izquierda y la mandíbula derecha, y algo cálido le corre por la barbilla. Jared se está levantando a trompicones del piso, con el labio partido y el ojo hinchado, y Blake está de rodillas, apoyado en el piso, con sangre manándole de la nariz hacia la alfombra.

Esta vez no hay capucha puntiaguda que detenga el flujo.

Unos brazos rodean a Jus y lo inmovilizan.

—Déjame —dice mientras se retuerce para soltarse de quien quiera que lo esté agarrando.

Es Manny. También le sangra el labio.

Tyler parece ser el único que salió indemne..., pero entonces Justyce lo ve sacudir la mano derecha.

Por supuesto que se juntaron los mirones.

Manny: ¿Qué carajo te pasa, Justyce?

Jus: Tú ni me digas nada, hermano.

Manny se echa para atrás:

—¿Disculpa? ¿Que yo no te diga nada a ti?

Jus: Eres igual que ellos.

Manny: ¿De qué hablas? No sé de dónde sacaste esto de "soy yo contra el mundo", pero tienes que bajarle a tu intensidad.

Jus: Estos tipos te faltan al respeto —a ti y a nosotros— todo el tiempo, y nunca dices nada. Solo les sigues la corriente.

Manny: Son mis amigos, Jus. Eres demasiado sensible, viejo.

Jus: Déjame adivinar: eso fue lo que dijeron cuando te ofendiste por un chiste racista, ¿no?

Manny: Hermano, estás desquiciado. Vete a dar una vuelta para que se te baje.

Justyce niega con la cabeza. Mira a Manny de los pies a la cabeza.

—¿Sabes qué, Manny? Eres un vendido. Suerte en Morehouse el año que entra.

Se abre paso entre la muchedumbre, de camino a la puerta trasera. La gente murmura al verlo pasar. Justo antes de abrir la puerta, oye:

—¡Gracias por arruinar mi cumpleaños, imbécil!

Justyce sube con trabajo la colina. Empieza a caminar hacia donde cree que está la salida del vecindario de megamansiones de Blake. Sigue borracho y algo mareado, pero si logra encontrar la calle principal, podrá encontrar su escuela.

No sabe cuánto tiempo lleva caminando ni qué tan lejos ha llegado cuando una Range Rover azul marino se orilla junto a él.

—Súbete —dice Manny desde adentro.

—No, viejo. Estoy bien.

—Jus, hace treinta grados y vas en sentido contrario. Deja de comportarte como un idiota y súbete al auto.

—Ya te dije que no, Manny.

El auto de Manny acelera y le cierra el paso.

—¿Qué te pasa, viejo? ¿Me quieres atropellar?

—¡Que te subas al auto, carajo!

Justyce aprieta la mandíbula.

—Mira, viejo, si te importa esta amistad, te subes al auto ya.

Manny mira a Jus.

Jus mira a Manny.

Manny estira la mano y abre la puerta del copiloto.

Jus se gira y empieza a caminar en dirección contraria.

19 de enero

QUERIDO MARTIN:

¿Sabes qué? No sé cómo lo hiciste. Te lo digo así, sin tapujos. Todos los días recorro los pasillos de esa cabrona escuela elitista y siento que no pertenezco, y cada vez que Jared o uno de ellos abre la maldita boca, me recuerdan que piensan igual. Cada vez que pongo las noticias y veo a otra persona negra baleada, recuerdo que, cuando me ven, la gente ve una amenaza, no un ser humano.

Luego de que se supiera lo de Tavarrius Jenkins, salió un tipejo blanco a decir que casos como ese y el de Shemar Carson "distraían del problema de los crímenes entre negros", pero ¿cómo los negros vamos a saber tratarnos con respeto si, *desde que nos trajeron para acá*, nos han dicho que no lo merecemos?

¿Qué rayos hacemos, Martin? ¿Qué rayos hago yo? ¿Ser como Manny y hacer como si no pasara nada cuando un blanco les pide a "sus *niggas*" que le ayuden a explotar a una chica negra? ¿Tengo que aguantar lo que me lancen, tratar de no ser "tan sensible"? ¿Qué hago si quienes se burlan de mi identidad son la gente que se niega a admitir que hay un problema?

Sé que me porté mal hoy, pero en este momento no siento remordimiento alguno. A esos imbéciles no parece importarles ser ofensivos, así que, ¿por qué rayos debería preocuparme por ser amable?

Una cosa sí puedo decir: llevo seis meses leyendo tus sermones y estudiando tus libros, y siento que lo único que me han dado son frustración y derrotismo. Te juro que oí a una chica preguntar: "¿Por qué la gente negra está tan enojada todo el tiempo?", mientras salía de casa de Blake, pero ¿cómo esperaba que me sintiera?

Me duele la mano. Me voy a la cama.

JM

CAPÍTULO 11

TOC TOC TOC.

Justyce gira hasta quedar bocarriba y tantea a su alrededor en busca de su celular. Entorna los ojos ante la pantalla deslumbrante. Diecisiete llamadas perdidas, cuatro buzones de voz y nueve mensajes de Manny, su mamá y Melo.

Más toques, y luego:

—¿Jus? ¿Estás ahí?

Suelta un quejido.

—Justyce McAllister no está disponible, por favor, deje su mensaje.

—Soy el doctor Dray, viejo. Abre.

¿Doc?

Justyce se levanta demasiado rápido y se golpea en la frente contra algo duro.

—¡Auch! —grita.

—¿Estás bien, Jus?

—La puerta está abierta —dice.

Antes de que se le aclare la cabeza lo suficiente para averiguar dónde está y cómo llegó ahí, tiene a Doc acuclillado a su lado.

—¿Mala noche?

El vientre de su escritorio de caoba al fin termina de enfocarse junto con la revelación de que trae los pantalones por las pantorrillas.

—¡Mierda!

Sale todo lo rápido que puede de abajo del escritorio y se levanta para subírselos, pero le palpita tanto la cabeza que tropieza.

—Ey, tranquilo. —Doc le pone la silla detrás—. Siéntate.

En cuanto obedece, Doc se saca una botella de Gatorade de la mochila y se la pasa.

—Tómatela toda —dice—. Estoy seguro de que estás deshidratado.

Jus se empina la botella.

—¿Qué hora es? —pregunta entre tragos.

—Según el reloj que tienes a tu lado, las 11 y 11. —Doc sonríe—. Pide un deseo. ¿O ya no se hace eso ahora? No les puedo seguir el paso.

Justyce mira a su alrededor. El sol entra en haces por entre los pañuelitos de papel que la Academia Preparatoria Braselton llama cortinas. De solo pensar en esa luz, le palpita la cabeza de nuevo.

También necesita vomitar.

—Este… Disculpe —dice mientras se tira de la silla hacia el baño.

Ahí va el Gatorade.

Descarga, se echa un poco de agua fría en la cara y se mira bien al espejo.

Entonces cae en cuenta: "Doc me acaba de encontrar debajo del escritorio de mi dormitorio, con los pantalones abajo". ¿Está soñando?

—Este… ¿Doc? ¿Sigue ahí afuera?

—Sip.

Jus traga saliva.

—Y, este… ¿tiene planes para este lindo sábado?

—Sal de ahí, Jus.

Ya fue.

—¿Tengo que?

—No. Pero definitivamente te conviene.

Jus se mira otra vez al espejo y niega con la cabeza.

Doc está sentado con los codos sobre las rodillas y las manos entrelazadas en el borde de la cama intacta de Jus. (A Jus la visión le recuerda que no durmió ahí y niega con la cabeza de nuevo). Doc sonríe y señala la silla.

—Cuéntame, Jus —le dice en cuanto el otro se ha sentado.

Jus se pasa una mano por la cara.

—¿Qué quiere que le diga?

—Solo quiero saber qué pasa. Manny me llamó hace unas horas. Está muy preocupado por ti.

Jus bufa, incrédulo.

Doc sonríe.

—Me dijo que harías justo eso.

—Qué importa. Ese tipo no me conoce.

Doc se pone serio.

—Cuéntame qué pasó, muchacho.

—¿Entonces Manny no le contó cuando lo llamó para chismear?

Doc no dice una palabra. Se le queda mirando con sus penetrantes ojos verdes. No hay ni una pizca de juicio en ellos.

La mirada de Doc provoca que la noche anterior le anegue la memoria, y que el dolor de sus nudillos amoratados aumente. Baja la barbilla.

—La cagué, Doc.

—¿Cómo?

Jus alza la vista.

—¿Manny de verdad no le contó nada?

Doc saca su celular de su bolsillo, toca un par de veces la pantalla y lo levanta. La voz de Manny sale del altavoz: "Buenos días, doctor Dray. Perdón por molestarlo en sábado… Me preguntaba si podría ir al dormitorio a chequear cómo está Justyce. Está pasando por una mala racha y este… Bueno, no me contesta el teléfono y estoy seguro de que no me quiere ver. Si pudiera aparecerse por ahí y asegurarse de que esté bien, se lo agradecería. Es el cuarto 217".

—Cuando lo llamé para que me diera más información —dice Doc—, lo único que me dijo fue que tomaron un poco y hubo una discusión. Pensó que tal vez te serviría hablar con alguien.

Jus no contesta.

—Entonces, ¿qué pasa? ¿Por qué Manny cree que no lo quieres ver?

Justyce se rasca la cabeza. Le urge un corte de pelo.

—Me emborraché, Doc.

—Me lo imaginé —contesta señalando la botella vacía de Gatorade.

—Me emborraché y cometí el error de ir a casa de Blake Benson. Unas cosas me molestaron y… y la cagué.

—¿Puedes explicarte más?

Justyce suspira.

—Desde mi incidente con el poli he estado en alerta perpetua. Me doy cuenta de cosas que antes habría dejado pasar o tratado de ignorar.

—Tiene sentido.

—Tal vez suene tonto, pero empecé este… proyecto —dice Jus—. Desde hace seis meses he estado estudiando al Dr. King otra vez y ¿tratando de aplicarlo? He estado, este… —Se vuelve para mirar a Doc, que sigue sin juzgarlo—. Le he estado escribiendo cartas en un cuaderno.

—¿Es lo que está en tu escritorio?

Jus mira por encima de su hombro y ve la libreta que dice "Querido Martin" en el recuadro blanco.

—Sí.

Doc asiente.

—Continúa.

—Bueno, todo iba bien, supongo, pero luego... ¿Se acuerda que le conté que mi papá falleció cuando yo tenía once años?

—Sí, me acuerdo.

—Bueno, pues tenía un trastorno mental por haber estado en el ejército y era alcohólico. Tomaba demasiado y montaba en ira y, este... bueno, le pegaba a mi mamá.

—Lo lamento mucho, Jus.

Jus se encoge de hombros.

—Así eran las cosas. Una vez lo miré a los ojos... Estaban huecos. Era como si ni siquiera estuviera en su cuerpo, como si sus puños y sus pies estuvieran en piloto automático y su cerebro se hubiera ido.

Doc asiente.

—Creo que me pasó algo similar anoche. Recuerdo estar encabronado por unos adornos que vi en el sótano de Blake, y que luego este se nos acercó a mí y a Manny y dijo algo que acabó de derramar el vaso. Discutimos y lo siguiente que recuerdo es que me dolía mucho la mano y Blake y Jared estaban levantándose del suelo.

—Ya veo.

—Seh... —Jus suelta una risita—. Siento que no debería contarle esto, porque me van a expulsar.

—A mí me suena a que estás "asumiendo tu responsabilidad". Ese es el cuarto principio del código de honor de la preparatoria Braselton, ¿no? —sonríe Doc.

—Supongo que sí. En fin, me da miedo pensar en eso. La última persona a la que me quiero parecer es a mi papá. El tipo se mató en un accidente automovilístico con un nivel de alcohol en la sangre de 0.25. Pero anoche fui exactamente igual a él. Le juro que no vuelvo a beber en mi vida.

Doc se ríe.

—Es un buen comienzo.

—Y luego Manny... —Jus niega con la cabeza—. Simplemente no entiendo por qué aguanta a esos imbéciles... —Alza la vista—. Ay, perdón.

Doc sonríe.

—No pasa nada. Estamos en tu territorio. ¿Decías?

—Ya sé que es tonto, pero cuando lo oigo estar de acuerdo con esos tipos en cosas que *seguro* sabe que están mal... No lo sé, Doc.

Doc no contesta.

—Creo que le dije "vendido" —dice Jus—. Y ahora sigo muy enojado con él, ni siquiera me arrepiento. Sé que seguramente no estaba intentando ponerse de su lado anoche, pero ¿que me reclamara a *mí* después de lo que habían dicho Blake y Jared? Es como si no le importara que le falten al respeto. O a mí.

Doc asiente.

—¿Te importa si juego al abogado del diablo un segundo? No quiero minimizar tus sentimientos, solo quiero darte un poco de perspectiva.

—Bueno.

—Yo crecí igual que Manny. Hasta que llegué a décimo grado y me transfirieron a una escuela imán en la ciudad, era la única persona de color en mi escuela. ¿Te acuerdas cómo te sentiste cuando te diste cuenta de que no tienes control sobre la manera en la que te ven las personas?

—¿Cómo olvidarlo? —contesta sobándose las muñecas.

—Así me pasó en la escuela nueva. Todos me consideraban negro, a pesar de la tez clara y los ojos verdes. Los chicos negros esperaban que conociera todas las referencias culturales y la jerga, y los blancos esperaban que me "comportara" como negro. Fue un cubetazo de agua fría. Cuando pasas toda tu vida "aceptado" por los blancos, es fácil ignorar la historia y difícil afrontar las cosas que siguen siendo problemáticas. ¿Me entiendes?

—Supongo.

—Y, en cuanto a ti, la única manera de que prosperes es si estás contento contigo mismo, viejo. La gente te va a faltar al respeto, ¿y qué? Los tipos como Jared no tienen ninguna influencia en qué tan lejos llegues en la vida. Si tú sabes que lo que dicen no es verdad, ¿por qué dejas que te afecte?

Jus niega con la cabeza.

—Respeto lo que dice, pero no es tan sencillo.

—Continúa.

—¡Es frustrante! Duele que trabajes duro y salgas adelante y la gente insinúe que no trabajaste y no te mereces nada.

—Claro que duele, Jus. Pero ¿para quién lo estás haciendo? ¿Para ellos o para ti?

Jus hunde la cabeza en las manos.

—Otra anécdota —dice Doc—: en el posgrado, traía un afro enorme. Normalmente me hacía trencitas. Nunca olvidaré la manera en la que mi asesor de doctorado frunció el ceño cuando entré por primera vez a su cubículo. Durante todo mi doctorado, fue hipercrítico con mi trabajo. Me dijo a la cara que no lo lograría. Si le hubiera hecho caso, no estaría aquí sentado hablando contigo, Jus.

Justyce suspira.

—Te dejo descansar —dice Doc mientras se levanta de la cama. Deja sobre la mesita de noche otra botella de Gatorade y una bolsita de plástico con dos pastillas—. Te traje un poco de ibuprofeno de la enfermería. Trata de mantenerte hidratado, ¿ok?

Justyce asiente.

—Gracias por venir a echarme un ojo, Doc.

—Cuando quieras, muchacho —contesta con un apretón en el hombro.

Mientras Doc se cruza el tirante de la mochila por el pecho y se da vuelta para salir, Justyce mira su teléfono. Recuerda todas las llamadas perdidas y los mensajes... y la ausencia de cierta expareja de debate.

—¿Puedo preguntarle algo, Doc?

Doc se vuelve y se mete las manos a los bolsillos.

—Dale.

—Este… —¿En serio le va a preguntar eso?—. ¿Usted tiene novia?

—¿Por qué preguntas?

—Pues…

¿Qué se supone que diga?

—¿Lo dices por SJ? —pregunta Doc.

Jus arquea las cejas de la sorpresa.

Doc se ríe.

—¿En serio crees que no me di cuenta del cambio que hubo entre los dos?

—Es horrible, Doc —dice Jus con la barbilla gacha.

—Ya se le pasará. Descansa, ¿ok?

—Sí, está bien.

Jus se levanta de la silla y se deja caer en la cama mientras Doc abre la puerta.

Se queda dormido antes de oír que la cierra.

CAPÍTULO 12

El martes, Manny y Jared no van a Evolución Social.

Tampoco están en el almuerzo. Justyce ve a Tyler, Kyle y Blake —que lo mira con una mueca, pero mantiene su distancia— apiñados en una mesa en la sala de alumnos, susurrando.

Conforme pasan las horas, crece un zumbido, aunque Justyce nunca logra captar qué están murmurando, porque todos se callan cada vez que se acerca. Así que, cuando camina hacia el dormitorio después de clases y ve al grupito reunido junto al auto de Jared y sin Manny, sabe que algo pasa.

Sobre todo cuando Jared se voltea para fulminarlo con la mirada y entonces le ve la cara.

Jus sabe que se fueron a los golpes el otro día, pero ¿de verdad pudo haberle causado tanto daño? Parece como si un enjambre de avispas le hubiera atacado la mitad del rostro.

Al entrar a su cuarto, Justyce hace lo impensable: llama a Manny.

Por supuesto, este no le contesta.

Alguien toca la puerta.

—Adelante —dice Jus mientras se deja caer en la silla.

Mientras saca su cuaderno para leer por encimita la carta que le escribió a Martin tras la fiesta de Blake, oye la puerta abrirse y cerrarse, y luego la cama rechinar.

Cuando se voltea, casi se cae de la silla.

—¡Oye!

Manny está tirado en su cama, con las manos detrás de la nuca. Tiene la mano izquierda vendada, y parece que una de las avispas de Jared le dio en el labio superior.

—Uf —dice Jus.

Manny solo mira el techo.

Una imagen invade su cabeza: Manny abriendo la puerta del copiloto de la Range Rover y diciéndole que entre.

—Oye, hermano…

—Guárdatelo. Sé que no era en serio.

Mmmm…

—De hecho, sí era en serio —dice Jus.

Manny lo mira, con las cejas arqueadas.

—Pero no tomé en cuenta el panorama general —dice Jus—. Por eso me estoy disculpando. Por no ponerme en tus zapatos y eso.

Manny regresa al techo.

—Yo tampoco estaba pensando en lo mejor para ti, así que digamos que estamos a mano y a lo que sigue.

Jus asiente.

—Genial.

Después de medio minuto, el silencio se pone incómodo. Jus se truena los nudillos.

—¿Y qué te pasó en el labio?

—Desperté.

—Ok… —Jus decide robarle la táctica a Doc—. ¿Quieres explicarte más?

Manny sonríe, pero la sonrisa se le convierte en mueca de dolor. Luego de unos segundos, se sienta y se vuelve hacia Justyce.

—¿Sabes por qué no me pude enojar contigo por lo que dijiste? Porque tenías razón. Yo sabía que tenías razón desde el instante en que te salieron las palabras de la boca.

—Ah —dice Jus.

—El sábado en la noche fui a un festival con esos payasos. Cuatro veces, viejo, *cuatro*, tuve que rechinar los dientes para evitar noquear al idiota de Jared. Cada vez que se burlaba de alguien, era como si me pasaran una lija por los tímpanos.

—Uf.

—Cuando vimos a una señora negra con cuatro hijos y ese idiota le dijo *Shaniqua* e hizo un chiste sobre quiénes serían los padres, ya no pude más, Jus. Se lo hice ver y puso en blanco los ojos. Me dijo que dejara de ser "tan sensible".

Jus no dice nada.

—Todo el domingo estuve metido en mi sótano, furioso. Creo que escuché Deuce Diggs y jugué *Medal of Honor* como seis horas seguidas. Y todo ese tiempo no dejaba de pensar que yo te había dicho exactamente lo mismo a ti. Que tú tenías razón. Que has sido muy buen amigo...

—Ya bájale al cariño, Manny.

—Es en serio, Jus. Esos idiotas no quieren que les digan que están siendo ofensivos. No les importa qué se siente vivir en nuestra piel. Esos imbéciles no son mis amigos.

Jus no sabe qué decir.

Pero sí, sí sabe.

—Y entonces... —Señala su mano vendada y su labio partido—. ¿Eso?

Manny sonríe.

—Hoy en la mañana fui a decirle al entrenador que renuncio...

—¿Qué?

—Viejo, detesto jugar básquet. Solo empecé porque, cuando eres el negro alto de la escuela, es lo que se espera de ti. Y sí, resulta que soy muy bueno, pero de verdad no es lo mío.

—Bueno, pues.

—En fin, Jared estaba en la oficina del entrenador. Cuando dije que renunciaba, soltó el "chiste" de que no podía hasta que me dejara mi amo. Me volví loco. —Manny se deja caer de nuevo en la cama—. Me dio una vez, pero no sabes lo bien que se sintió apalear a ese imbécil. El entrenador no quiso hacer ruido porque necesita que Jared juegue mañana, así que a mí me mandó a casa y a él le ordenó que se quedara en su oficina hasta que se acabaran las clases.

—Wow.

Manny se vuelve a sentar.

—Solo quería darte las gracias, hermano.

—¿Por qué?

—Por ayudarme a abrir los ojos. No me gustó lo que vi, así que los quise cerrar de nuevo. Pero de no ser por ti, no sabría que las cosas que siempre he sentido cuando estoy con esos tipos son reales.

—Bueno... ¿de nada, supongo?

Manny se levanta y extiende los brazos.

—Ven para acá, hermano.

—¿Qué?

—Que vengas pa' acá y le des un abrazo a tu hermano, viejo.

—A veces me pones incómodo, Manny —dice Jus mientras le obedece.

23 de enero

Tengo mucho que pensar, Martin.

Anoche, el papá de Manny bajó al sótano. En casi cuatro años jangueando en casa de los Rivers, nunca había visto al señor Julian en el "espacio sagrado" de Manny, como él le dice. Así que, cuando se dejó caer entre nosotros en el sofá, sentí como si una bomba estuviera a punto de estallar.

Durante casi tres minutos, el silencio fue ensordecedor. Luego, el señor Julian suspiró.

—Quiero hablar con ustedes, chicos —dijo.

Yo tragué saliva y me volví para mirar a Manny por encima de la cabeza del señor Julian. Él también se veía muy nervioso.

—Este..., claro, papá.

El señor Julian asintió.

—Hoy oí a un empleado referirse a mí con un insulto racista.

—¿En serio? —dije.

—Sip. Un chico blanco, hace unos años que salió de la universidad. Lo contraté hace tres meses.

Manny se veía molesto.

—¿Cómo te dijo?

—No importa, hijo. El punto es que me recordó tu encontronazo con Jared. Pasé el resto del día preguntándome si había sido culpa mía que acabaras en esa situación.

—¿Qué? ¿Cómo rayos podría ser culpa tuya, papá?

(Yo me estaba preguntando lo mismo, Martin).

—Hay muchas cosas que no te he contado, Emmanuel —dijo el señor Julian—. No sé si ha sido por tratar de protegerte o porque tenía la esperanza de que las cosas estuvieran mejor, pero es algo que he estado pensando desde que arrestaron injustamente a Justyce. —Se volvió para mirarme—. El incidente te sorprendió mucho, ¿no?

—Sí. Bastante.

—Cuando pasó, no paraba de pensar: ¿y si hubieras sido tú, Emmanuel? Sé que no te lo habrías podido creer..., pero yo sí. —Negó con la cabeza—. No me sentí cómodo porque, como tu padre, es algo para lo que debí haberte preparado, hijo. Y para lo que Jared dijo debí haberte preparado también.

—Sin ofender, señor Julian —dije—, mi mamá lleva "preparándome" desde que tengo memoria. Y de todos modos me agarraron con la guardia baja.

—¿Te sorprendió lo que Jared le dijo a Manny?

—Ah. Eh... la verdad, no —dije.

—Exacto. Eso es de lo que estoy hablando. No me sorprendió enterarme de que ese muchacho dijera lo que dijo hoy en la oficina. No se puede predecir cómo va a actuar la gente, pero sí puedes estar preparado para enfrentarte a ciertas actitudes. Quizá si hubiera sido más abierto con mis propias experiencias, las palabras de Jared no le habrían resultado tan asombrosas a Manny.

Ninguno de los dos respondió.

—Los dos saben a qué me dedico —continuó—, pero muy poca gente sabe lo que sufrí para lograrlo. Me tomó cuatro años más que el promedio conseguir mi puesto, porque todo el tiempo me ignoraban a la hora de dar ascensos. Trabajaba mucho más que muchos de mis colegas caucásicos, pero rara vez recibía una fracción del reconocimiento que les daban.

Otra vez nos quedamos callados.

—Sigue habiendo gente en esa oficina que se niega a mirarme a los ojos, muchachos. Muestran el respeto de rigor para mantener su empleo, pero la gran mayoría de mis subordinados resiente el hecho de tener que rendirle cuentas a un hombre de color. Hoy me lo recordaron.

—Lo despediste, ¿verdad? —preguntó Manny.

El señor Julian negó con la cabeza.

—No es la primera vez que sucede ni será la última. A eso me refiero con preparación.

Manny estaba lívido.

—Pero, papá...

—El muchacho sabe que lo oí. No tengo duda de que se comportará de maravilla de ahora en adelante.

Las personas casi siempre aprenden más cuando les dejas pasar ciertos comportamientos que cuando las castigas.

—Eso estuvo profundo —dije.

El señor Julian se encogió de hombros.

—Mátalos de ternura. Mi punto es que el mundo está lleno de tipos como Jared y ese empleado, y la mayoría no va a cambiar nunca. Así que ustedes son los que van a tener que superarlo. Quizá lo mejor sea que, en el futuro, no hables con los puños... —dijo dándole un codazo a Manny—, pero por lo menos ahora sabes a qué te enfrentas. Trata de que eso no impida que hagas tu mejor esfuerzo, ¿ok?

Nos revolvió el cabello a ambos y se levantó para irse.

No he podido dejar de pensar en lo que nos dijo, Martin. Francamente, es descorazonador. ¿Pensar que el señor Julian tiene tanta autoridad y aun así le faltan al respeto? Oírlo me hizo darme cuenta de que aún tenía la esperanza de que, cuando de verdad lograra algo, no tendría que lidiar con toda esa mierda racista.

Pero obviamente no es el caso, ¿o sí? ¿Y ahora qué hago? No dudo que tú habrías hecho exactamente lo mismo que hizo el señor Julian, pero ¿y si hubiera sido yo? Bueno..., yo le pegué a un tipo por usar un insulto racista hace poco, ¿no?

La conversación me recordó algo que Doc me preguntó hace unos días: todo el trabajo que estoy haciendo para salir adelante en la vida, ¿para quién lo estoy haciendo?

Mejor aún: ¿para qué lo estoy haciendo? ¿Para demostrar que puedo? ¿Para ganar respeto? ¿Para restregárselo en la cara a gente como Jared? Ya no tengo idea, Martin.

Nota al margen: Ni me preguntes por SJ. Aún me está aplicando la ley del hielo. Es lo que hay.

J

CAPÍTULO 13

Jus sabe que algo anda mal en cuanto se sube al auto de Manny el sábado por la mañana. Y qué mala suerte, porque es un día precioso. Se supone que suban Stone Mountain, pero si la camiseta agujereada, pantalones de franela, pantuflas y ceño fruncido de Manny son indicio de algo, es de que hacer senderismo no es precisamente su prioridad de momento.

—¿Te importa si solo damos vueltas un rato? —pregunta Manny en cuanto Justyce cierra la puerta.

—Claro que no, viejo. ¿Qué pasó?

Jus se abrocha el cinturón y Manny sale del estacionamiento.

—Llamaron a mis papás hace rato. El señor Christensen va a presentar cargos en mi contra por "agredir" a su hijo. —Quita la mano del volante para hacer las comillas.

—¿En serio, hermano?

—Serio como sermón. Traté de contactar a Jared, pero el señor Christensen contestó su celular y me dijo que no lo llamara. Dijo que conseguirían una orden de alejamiento si lo intentaba.

Justyce está atónito.

—Pero qué montón de mierda, hermano.

—Ni me lo digas, viejo. Nunca he visto tan prendido a mi papá. —Manny niega con la cabeza—. Ese tipo lleva diciéndome "mi otro hijo" y mirándome a los ojos desde que tengo memoria, y ahora esto.

—Ni siquiera sé qué decir, viejo.

—¿Sabes qué? Yo tampoco. He despertado un poco durante la última semana, pero esto… No estaba preparado para esto, hermano. No dejo de pensar en la clase de Evolución Social en la que SJ dijo que si Jared y yo cometíamos el mismo crimen, a mí me tocaría el peor castigo. ¿Te acuerdas?

—Sí.

¿Cómo olvidarlo?

—En fin, perdón por lo de Stone Mountain. Solo necesito manejar un rato y aclararme la cabeza.

—No pasa nada, Manny. No pasa nada.

Jus se acomoda en el asiento y disfruta del viento en la cara mientras Manny pone algo de música.

Atrapa el balón, *nigga*; mete jonrón.
Ponte los guantes; noquea al cabrón.

Llega a la pista; será un carrerón.

Ya viene lo bueno; que suene el cañón.

—¿Es lo nuevo de Deuce Diggs? —pregunta Jus.

—Sí, hermano. Viene con todo.

—Súbelo.

Manny sube tanto el volumen que el auto entero vibra con el bajo.

Cuando la Range Rover se detiene en un semáforo, Jus se asoma por la ventana y se topa con la mirada del conductor de una Suburban blanca —un tipo blanco, de unos cincuenta años—que lo observa con desprecio.

Baja la música.

—Uf… mira la cara que trae ese cabrón.

Manny se vuelve a mirarlo y se ríe.

—El tipo no aprecia para nada a un genio lírico como Deuce Diggs.

—Parece que no —dice Justyce removiéndose en su asiento. La manera en la que los está mirando le recuerda demasiado el "incidente"—. Oye, qué largos son estos altos del semáforo.

—Tienes toda la razón, viejo.

Cuando por fin la luz cambia a verde, Manny vuelve a subir la música.

Ahora, la Suburban blanca va junto a ellos, y el conductor parece molesto.

—¡Qué vibra trae este cabrón! —grita Jus por encima de la música—. Está todo colorado y me anda fulminando con sus ojotes de sapo.

—Seguro que nos está haciendo un perfil. Ha de creer que somos narcotraficantes o algo.

Justyce lleva la mirada a sus muñecas; Manny lo sigue y se deja de reír.

—Perdón, viejo —dice—. No lo decía en... Perdón, fue sin pensar.

—No pasa nada, Manny. Seguro tienes razón.

Se detienen en el semáforo de la calle 13.

—¿Pueden bajar su escándalo, idiotas? —les grita el de la Suburban.

—¿Idiotas? —dice Jus—. ¿Idiotas nosotros?

Manny se inclina sobre la consola central para gritar por la ventana de Jus:

—¿Qué dijo, señor? ¡No lo oí por la música!

El tipo parece a punto de arder en llamas.

—¡QUE LE BAJEN EL VOLUMEN A ESA MIERDA!

—¡Sí, es cierto que está rojo! —se ríe Manny—. Es como si toda la sangre del cuerpo se le hubiera ido a la cara.

Jus lo mira de nuevo.

"¿Qué haría Martin, Jus?".

—Quizá lo bajaría —dice Jus.

—Por favor, hermano. Este es *mi* auto —dice Manny—. Ya me harté de hacer acrobacias para aplacar a los blancos.

Presiona un botón en el volante y el volumen aumenta aún más.

—¡PUTOS *NIGGERS* HIJOS DE SU REPUTÍSIMA MADRE! —grita el tipo.

—No me digas que ese cabrón dijo lo que creo que dijo —dice Manny.

A Jus el corazón le salta entre las orejas.

"¿Qué haría Martin qué haría Martin qué haría Martin…?".

—Olvídate de él, Manny. Tenemos que calmarnos…

—No, viejo. Al diablo con eso. —Manny se inclina por encima de Jus—. ¡Vete al carajo, idiota! —grita por la ventana mientras le saca el dedo al tipo.

—Tranqui, Manny. —¿Por qué es tan largo ese maldito semáforo?—. Hay que bajar la música hasta que nos alejemos de él, ¿está bien?

Justyce se inclina hacia el frente para mover el volumen.

—¡Ah, mierda…! —grita Manny.

CAPÍTULO 14

BANG.

BANG.

BANG.

SEGUNDA PARTE

Transcripción de las noticias vespertinas, 26 de enero

Buenas noches, y bienvenidos a las *Noticias del Canal 5 a las 5.*

En nuestra historia principal, tragedia en Oak Ridge esta tarde, cuando dos jóvenes a bordo de una SUV fueron atacados con un arma de fuego en una intersección.

El incidente ocurrió justo después del mediodía, en la intersección de la calle 13 y la avenida Marshall. Según la esposa del tirador —quien iba en el asiento del copiloto—, hubo una breve disputa porque el volumen de la música estaba demasiado alto, tras la cual ocurrieron disparos desde un vehículo hacia el otro.

La identidad de los heridos aún no es pública debido a la investigación en curso, pero hemos recibido informes que afirman que uno de los adolescentes fue declarado muerto en el trayecto al hospital y el otro se encuentra en condición crítica.

El tirador ha sido identificado como Garrett Tison, de 52 años, oficial del Departamento de Policía de Atlanta. El oficial Tison no estaba en servicio en el momento del tiroteo y fue puesto bajo custodia policial en la escena.

Más al respecto conforme se desarrolle la noticia.

1 de febrero

QUERIDO MARTIN:

No está.
    Nunca le hizo nada a nadie y ahora Manny no está.

    Ya no puedo con esto.

CAPÍTULO 15

Veintisiete días.

Todo ese tiempo mantuvieron los Rivers el cuerpo de Manny en una cámara fría de la morgue, esperando a que su mejor amigo se recuperara lo suficiente para asistir al funeral. Francamente, Jus preferiría que lo hubieran hecho sin él. De verdad no quiere estar ahí.

Las primeras palabras que salieron de la boca del pastor fueron:

—Estamos aquí no para lamentar una muerte, sino para celebrar una vida que ha pasado a la gloria.

Manny ni siquiera creía en el cielo y el infierno. Jus se lo imagina diciendo: "El único lugar al que 'he pasado' es a este féretro de precio abusivo".

Jus no encontró el coraje para acercarse a ver el cuerpo durante el velorio. Ya sabe la causa de muerte —herida de bala en la cabeza— porque pidió ver el acta de defunción y los Rivers se lo concedieron. ¿Ver a Manny yaciendo sereno luego de saber que traía una bala en la cabeza? No, no hay manera. No puede.

Le encantaría levantarse e irse. Seguir andando hasta que se le cayeran las piernas o muriera de sed o inanición o agotamiento o alguna combinación de todo eso. El problema es que los medios están afuera. Debido a algunas "especulaciones" que ha escuchado —que Manny amenazó a Garrett Tison; que uno de los chicos lanzó algo a la Suburban de Tison; que Justyce traía pistola, etcétera— preferiría que no lo vieran.

Y no es que quedarse adentro sea mucho mejor. La gente no deja de mirarlo, ahí sentado al fondo de la iglesia junto a su mamá. Trae lentes oscuros puestos, pero los ve lanzar miraditas. Están maravillados ante el Chico que Sobrevivió (así le han estado llamando en las noticias).

Su mamá le da un apretón en el brazo bueno. Sigue reaprendiendo a usar el otro, que trae en un cabestrillo. El disparo al pecho le rompió una costilla y le perforó el pulmón derecho, pero la bala que le dio en el mismo hombro le arruinó un montón de nervios. Luego de tres cirugías, al fin recobró la sensibilidad de los dedos.

Cuando el pastor baja del púlpito y el coro se levanta, Justyce recorre con la mirada el interior abarrotado de la iglesia. Asimila todos los trajes y vestidos oscuros, los rostros manchados de lágrimas y los hombros sacudiéndose, y el dolor colectivo lo afecta tanto que el lugar se le sale de foco. Lo único que puede ver con claridad es la cara de Sarah-Jane Friedman. Lo está observando.

Eso le desata una serie de recuerdos de los días en el hospital, cuando estaba muy drogado: SJ parada junto a él, sollozando, con la mano izquierda tomándole la derecha y la derecha acariciándole la cara (su mamá obviamente no estaba cerca); la voz de la doctora Rivers diciendo: "Qué alivio que estés bien, Justyce". Su mamá llorando y pidiéndole perdón porque tenía que volver al trabajo. Melo siendo escoltada hacia la salida porque no paraba de berrear.

Hablando de Melo, Jus también la ve. Sinceramente, de no ser por su mamá, está seguro de que trataría de estar pegadita a él. Ella fue la que organizó a los jugadores de fútbol americano, los Atlanta Falcons, que fueron a escoltarlo en un *party bus* de lujo cuando Justyce salió del hospital.

Por supuesto que esto llegó a las noticias.

Cuando el señor Rivers se acerca al púlpito para dar el discurso fúnebre —le preguntó a Jus si él quería hacerlo, pero no habría aceptado ni muerto—, Jus ve a Jared y a sus socios. Están todos sentados al frente con sus padres, y Justyce se pregunta si Jared y el señor Christensen se sienten como los imbéciles que son. De no ser por aquella maldita llamada, Manny y Jus se habrían ido a Stone Mountain y no habrían estado en la misma calle que Garrett Tison.

Manny seguiría ahí.

Jared se vuelve como si pudiera sentir a Jus clavándole flechas en la nuca. En cuanto se ven (aunque Jared no se dé cuenta por sus lentes oscuros), la ira envuelve a Jus tan fuerte que casi no puede respirar. Incluso a lo lejos, se nota que Jared tiene ojos de condenado, como si la tierra se hubiera abierto a sus pies y su agonía no tuviera fondo.

Jus reconoce la expresión porque él siente lo mismo. Quiere ver al mundo arder.

Cuando termina el servicio, Jus acompaña a su mamá al baño antes de ir al entierro (él no quiere ir). En cuanto ella entra, sale nada más y nada menos que Sarah-Jane Friedman. A él se le abre un poco la boca, y ella se congela al verlo.

Jus se quita los lentes. Ella trae puesto un traje sastre azul marino y anda sin maquillaje, con el cabello recogido. Sus ojos —que están rojos de tanto llorar— recorren la cara de Justyce, y él casi la abraza con el brazo bueno del inmenso alivio que siente al ver más que lástima ardiendo en esa mirada.

¿No es un dilema querer tocar, abrazar y besar a una chica blanca después de que un hombre blanco le disparara a él y matara a su mejor amigo?

—Hola —dice Jus.

A ella se le llenan los ojos de lágrimas.

—Hola.

—¿Estás bien?

—Estoy segura de que yo soy la que debería preguntarte a ti, Jus.

Él desvía la mirada. Se encoge de hombros.

Pasan segundos que se sienten como horas. Días. Años. Siglos.

Ella suspira.

—Oye, ya sé que no hemos hablado últim…

—Te extraño, S.

Ella levanta la cara.

—Lo digo en serio —dice Jus. ¿Y por qué no decírselo? Acaba de perder a su otro mejor amigo.

SJ abre la boca para decir algo…

La puerta del baño de damas se abre.

—¿Estás listo, Jus…? —Su mamá ve a SJ—. Ay, perdón. No vi que estabas hablando con alguien.

—Ma, ella es Sarah-Jane —dice Jus sin quitarle los ojos de encima a SJ.

Mamá: Encantada de conocerte.

SJ: El placer es todo mío, señora McAllister.

Su mamá se vuelve hacia Justyce.

—Voy al auto. ¿Vienes?

—Allá nos vemos —contesta él—. Quiero acompañar a SJ a la salida.

—No, no. No hay necesidad. De hecho, mis papás me están esperando. ¿Nos vemos en el cementerio?

—Ah. Sí. Ok. Adiós, S.

—Adiós, Jus.

Cuando SJ desaparece tras una esquina, el ceño de la mamá de Justyce se frunce.

—Sarah-Jane, ¿eh? ¿La conoces de la escuela o algo?

—Es mi pareja de debate, ma. Te la he mencionado un montón de veces.

—Hmm. Ya vi cómo te mira. Esa se trae más cosas en mente que un "debate"…

—¿Podemos no empezar con esto en el funeral de mi mejor amigo, por favor?

—Yo no estoy empezando nada, Justyce. Solo digo que te cuides de esa. Nada más.

De esa.

—Es buena amiga, ma.

—Y más te vale que eso mismo siga siendo.

Jus quiere discutir. Quiere contarle a su mamá todas las veces en que SJ le hizo creer que era grande mientras que todos los demás lo querían hacer chiquito. Quiere reclamarle *sus* prejuicios. Decirle que, para él, está tan equivocada como el tipo que les disparó a él y a Manny.

Pero no tiene oportunidad.

En cuanto él y su mamá salen de la iglesia, los rodean los reporteros.

—Señor McAllister, ¿qué se siente ser el Chico que Sobrevivió?

—Justyce, ¿crees que habrá justicia?

—¿Qué se siente saber que podrías haber sido tú el que acabara en ese féretro?

Ese último lo enfurece.

—¿Y tú te esfuerzas por ser tan imbécil?

—Justyce, ni una palabra más —dice su mamá, y luego, a los reporteros—: Mi hijo no tiene comentarios. Ahora, si nos disculpan...

Usa un brazo para quitar a un reportero bajito del paso y agarra a Justyce del codo para llevárselo por la brecha recién formada. El señor Taylor grita y los señala, y de pronto él y su mamá están flanqueados por lo que deben ser guardaespaldas.

Justyce hace una mueca de dolor cuando uno de los gigantes —fornido, rubio, con cara de llamarse Lars— choca con su brazo malo. Sin embargo, el dolor que se le dispara desde el hombro hacia el resto del cuerpo, como descarga, no es nada comparado con el que carga en su interior.

La imputación de Tison
¿Un paso al frente para la justicia
o un error del gran jurado?

POR: TOBIAS D'BITRU
Miembro de la redacción

Ayer por la tarde, un gran jurado de Georgia presentó una imputación por varios cargos contra el exoficial de policía Garrett Tison, en relación con un tiroteo en enero que involucró a dos adolescentes. La imputación marca un fuerte contraste con los casos relacionados con las muertes de Shemar Carson y Tavarrius Jenkins, en Nevada y Florida, respectivamente, y dos de los cargos —agresión agravada y homicidio— han indignado a muchos miembros de la comunidad.

"Se estaba defendiendo de unos matones", dijo la vecina de Tison, April Henry. "Conozco a Garrett desde hace veinticinco años. Si él dice que esos muchachos traían una pistola, traían una pistola". Un colega policía, quien pidió mantener el anonimato, afirma que la condena no es más que un truco publicitario a costa de Tison. "Quieren usarlo de ejemplo. El fiscal jugó la carta de la raza y el gran jurado se tragó la carnada con todo y caña".

Y muchas personas concuerdan. En un mitin convocado en solidaridad con Tison, los manifestantes usaban camisetas que decían "Abusar de la raza debería ser ilegal", mientras llevaban pancartas con el rostro de Tison y la leyenda "Protector, no mal ejemplo".

Aún no se ha anunciado la fecha del juicio.

CAPÍTULO 16

Dos días después de su liberación definitiva del cabestrillo, Justyce consigue conducir su auto nuevecito. Ken Murray, dueño de siete agencias Honda en la ciudad, es el padre de uno de sus compañeros de clase, y el día que Jus volvió a casa del hospital encontró un Civic con una nota en el parabrisas que decía "Condolencias de parte de la familia Honda-Murray".

Al principio quería devolverlo. La idea de manejar un auto regalado por un ricachón blanco le daba náuseas, teniendo en cuenta lo que había sucedido. Pero luego de mirarlo durante semanas y releer la carta del señor Murray, en la que decía: "Ninguno de ustedes se merecía lo que les pasó", Jus decidió aceptarlo.

Ha pasado mes y medio desde el tiroteo, pero ir a casa de Manny no le es más fácil que el día en que se enteró de que ya no estaba. Los Rivers lo invitaron a cenar para "conmemorar" la imputación de Garrett Tison, pero él no tiene ganas de pasar tiempo a solas con ellos. Especialmente dentro de su casa. Cuanto más lo piensa —y lo ha pensado mucho últimamente—, más entiende que esa casa no era lo que sentía como un segundo hogar. Era Manny.

Al acercarse a la casa, Jus instintivamente se dirige hacia la tercera puerta de la cochera para cuatro autos. Recuerda todas las veces que Manny esperó a que se elevara antes de meter su auto, y el estómago le da vueltas.

Antes de poder poner el auto en reversa y salir de ahí, la tercera puerta se eleva, y el señor Rivers le hace señas para que entre. El sitio está vacío, por supuesto —la Range Rover desapareció hace mucho—, pero no hay manera de que Jus lo consiga llenar. Deja el auto en el acceso y se baja.

—Muchas gracias, señor Julian, pero no puedo —dice.

El papá de Manny le dedica una sonrisa triste y mira hacia el lugar que rechazó.

—Es que está muy vacío, ¿sabes? Pasa.

Cuando Jus entra a la casa y el aroma del pollo *alla cacciatora* le invade los sentidos, está ciento por ciento seguro de que no quiere estar ahí. No quiere sentarse a la antigua mesa de roble y comer en la vajilla para ocasiones especiales que la doctora Rivers sacó del armario de la porcelana. No quiere conversar con los papás de su mejor amigo muerto mientras comen su platillo preferido y no el de su hijo.

Es demasiado. Quiere irse y nunca regresar.

De todos modos, entra al comedor.

—Gracias por venir, cariño —dice la doctora Rivers y lo envuelve en el abrazo más emocional que ha sentido en su vida. Cuenta los diecisiete segundos que pasan antes de que lo suelte.

—Gracias por recibirme —contesta.

—Anda, siéntate —dice el señor Julian—. Te traigo algo de tomar.

Jus obedece y, luego de un momento, el señor Julian regresa a la mesa con tres bebidas: una copa de vino tinto para la doctora Rivers, un vaso de té helado para Justyce y un vaso de lo que Jus supone que será Jack Daniel's Single Barrel —con lo que Manny solía llenar a escondidas su anforita— para él.

De solo verlo, Jus quiere vomitar.

—¿Cómo vas, Justyce? —pregunta el señor Julian en cuanto se sienta—. ¿Ya volviste a la escuela?

Jus niega con la cabeza.

—No por completo. Me mudo al dormitorio el domingo y empiezo las clases el lunes.

—Ya veo.

La doctora Rivers entra cargando un platón ovalado con sus guantes de cocina. Lo pone sobre la mesa y las pechugas de pollo bañadas en champiñones y salsa roja lo miran fijamente.

—¿Crees estar listo? —pregunta.

—Tan listo como voy a estarlo, supongo —responde encogiéndose de hombros—. Ya me puse al día, pero es ahora o nunca si me quiero graduar en mayo.

La doctora Rivers asiente y regresa a la cocina. Vuelve con una bandeja rebosada de arroz jazmín que tiene tres trozos de mantequilla derritiéndosele encima.

—Pásame tu plato.

Jus obedece.

—Nos da mucho gusto que nos acompañes hoy —dice el señor Julian—. Lo apreciamos mucho.

La doctora Rivers le entrega su plato, cargado de una comida para la que no tiene apetito.

—No esperamos que hables mucho —dice—. Solo es lindo tener tu presencia.

—Gracias. La suya también.

Mentira, pero parece la respuesta correcta.

Los tres se quedan callados mientras los cubiertos tintinean y raspan los huesos y la porcelana, y las bebidas desaparecen lentamente de los vasos. Justyce agradece la falta de conversación; la ausencia de Manny hace que le sea casi imposible respirar: no podría hablar.

En cuanto terminan, el señor Julian carraspea.

—Bueno, Justyce, te invitamos hoy por varias razones —comienza.

Justyce levanta su vaso y se toma de un trago el resto del té.

—La primera, por supuesto, es conmemorar la imputación —continúa el señor Julian—. No nos dilataremos en el tema, pero, para nosotros, y estoy seguro de que para ti también, es algo que sí se debe conmemorar.

La doctora Rivers asiente.

—No es una condena, por supuesto. Pero es un buen comienzo. Es un alivio saber que lo que sucedió está siendo tratado como un crimen.

Jus fija la mirada en el borde dorado de su plato.

—Sí —dice—. Sí es un alivio.

—Pasando a otro tema —dice la doctora Rivers—. No sé si te acuerdes del primo de Emmanuel, ¿Quan Banks?

Justyce levanta la cabeza de golpe.

—Dice que fueron juntos a la primaria. ¿Es cierto?

—Lo es —dice Jus—. Pero no tenía idea de que él y Manny fueran primos hasta que... —Se detiene—. Hasta que lo arrestaron.

La doctora Rivers asiente.

—Bueno, si quieres, a Quan le gustaría verte. Ya te añadieron a su lista de visitas.

—Ah. Ok...

—La muerte de Emmanuel le afectó mucho. No tienes que visitarlo, por supuesto... —Ella y el señor Julian hacen esa movida de casados en la que se comunican con una mirada—. Pero dice que tú eres la única persona con la que quiere hablar.

—Ya veo.

Pero no ve nada.

—Si te interesa, te doy la información antes de irte.

Jus no sabe qué decir. ¿Quan lo quiere ver?

—Ok. Suena bien.

Otra mentira.

Durante un minuto, nadie habla. Jus siente la mirada del señor Julian, pero no hay manera de que se la devuelva. Así se vería Manny si hubiera tenido oportunidad de crecer.

—Una última cosa. —A la doctora Rivers se le quiebra la voz—. ¿Julian?

—Sí, está bien.

El señor Julian se levanta de la mesa y se acerca al mueble de la porcelana. Lo abre y saca una caja negra. La pone sobre la mesa frente a Justyce.

—Pensábamos darle esto a Emmanuel para sus dieciocho años —dice—. No tengo duda de que él querría que tú lo tuvieras en estas circunstancias, así que nos honraría que lo recibieras en su lugar.

Jus mira la caja. Tiene miedo de moverse, no se atreve a tocarla.

La doctora Rivers carraspea y él alza la vista. Ella le sonríe, aunque tiene lágrimas en los ojos.

—Adelante.

Jus quita la caja de la mesa y levanta la tapa. De milagro consigue no tirar el contenido en el piso y salir corriendo y gritando.

Es un reloj. Un Heuer de carátula marrón y dígitos dorados, con una correa de cuero negro. Jus no sabe mucho de relojes, pero está como ochenta y siete por ciento seguro de que este es *vintage* y de que vale más dinero del que su mamá ha tenido en su cuenta de banco en toda su vida. Lo saca con cuidado de la caja y lo voltea. El interior de la correa está estampado con las iniciales EJR.

—Mi abuelo compró ese reloj en los años cuarenta —dice el señor Julian—. Al igual que Manny, se llamaba Emmanuel Julian Rivers. Ha sido heredado al primogénito durante dos generaciones. Queremos que tú lo tengas.

Jus está atónito.

—Yo, este… No sé qué decir.

—No tienes que decir nada —dice la doctora Rivers—. Apreciamos mucho que esté en tus manos.

Jus alterna miradas entre los padres de su amigo. Le están sonriendo, pero es obvio que esperan algún tipo de respuesta de su parte.

Deja caer la mirada hacia el reloj. Siente un nudo en la garganta. No se va a salir de esta, así que hace lo único que tiene sentido.

Estira la muñeca y se lo pone.

CAPÍTULO 17

Lo primero que nota Jus al entrar al estacionamiento para visitantes del Centro de Detención Juvenil Regional de Fulton es cuánto le recuerda a una escuela. Esto hace que se le revuelva un poco el estómago. Le parece un mal chiste tener a los muchachos considerados "amenazas para la sociedad" encerrados en un lugar que luciría completamente normal de no ser por las rejas de doce pies con alambre de púas encima. "Ay, mira qué escuela tan bonita… ¡Ja! ¡Caíste! ¡Tras las rejas, tonto!".

Luego de poner el auto en *parking*, se toma un minuto para mirar a su alrededor. Deja que la idea de estar ahí de verdad entre en su mente. Está a punto de entrar a un correccional y sentarse con el tipo que mató a Castillo, el poli que lo perfiló y que inició su "experimento social" fallido de intentar ser como Martin.

Casi no lo puede creer.

Cuando Jus entró a la preparatoria Bras, Quan y los demás chicos se convirtieron en meros recordatorios de la vida de la que quería huir. Quan nunca se burló de él como hicieron otros, pero, aun así, cuando le dijeron que quería verlo, le sonó un poco sospechoso.

Pero luego no podía dejar de pensar en eso. La suspicacia al fin cedió ante la curiosidad, y aquí está.

En cuanto entra a las instalaciones, el guardia que vigila la entrada lo catea antes de señalar una zona marcada para VISITANTES. Una oleada de incomodidad lo baña en sudor. Deja su identificación y sus llaves con la señorita del mostrador, y un segundo guardia le levanta la barbilla cuando se acerca al detector de metales.

—Carajo, chico —dice mirando su camisa, pantalones caqui planchados y mocasines—, estás más limpio que algunos de los abogados que nos visitan.

—Este… Gracias.

—¿A quién vienes a ver?

—A Quan Banks.

El guardia asiente.

—Pasa —dice—. Enséñales a esos muchachos cómo podrían ser si se pusieran las pilas, ¿ok? Ella te acompañará.

Hace una seña hacia la señorita del mostrador, que lo está esperando a la entrada de un largo corredor.

Jus la sigue y pasan junto a un montón de salas de muros blancos —que parecen salones de clases—, hasta llegar a un gran portón de acero con una alta ventana rectangular que Jus sospecha que es antibalas. En el lugar hay unos seis o siete jóvenes con uniformes anaranjados y acompañados por sus visitantes. Cuando la señorita ingresa el código en el teclado de la puerta, Jus ve que Quan está esperándolo.

La puerta se abre. Las voces se derraman hacia el pasillo. Quan alza la vista. Cruzan miradas. Una sonrisa se expande hacia los cachetes de Quan y, a medida que le ocupa todo el rostro, Jus recuerda la última vez que lo vio, en el verano antes del quinto grado, cuando Quan le ganó en *Monopolio* por primera vez. Verlo sonreír así lo pone aún más nervioso.

—¡Cerebrito! —dice Quan mientras se levanta para saludarlo—. ¡Qué bueno que viniste, hermano!

—Sí. —Jus busca con la mirada la salida cerrada a sus espaldas—. Ya llovió.

—Siéntate, hermanito. Siéntate.

Quan se vuelve a sentar y Jus lo imita. Al ver a los demás chicos vestidos de naranja hablar con sus visitas, le entran ganas de irse. Más porque la mayoría de ellos se parecen a él.

Es deprimente.

—¿Cómo has estado, Justyce? —pregunta Quan.

Jus se rasca la cabeza.

—¿La verdad? No tan bien, socio.

—Está jodido lo de Manny.

—Sí. Jodidísimo. —Decirlo le quita un peso de encima—. Estábamos ahí en la calle y de repente…

Jus suspira y niega con la cabeza.

—¿Y tú, hermano? ¿Te estás recuperando bien y todo?

—Bueno, mi brazo ya funciona otra vez, si a eso te refieres.

—Oye, cuando vi la cara de ese poli en las noticias… —Quan deja de hablar—. Nah, olvídalo, olvídalo.

—¿Qué, viejo?

Quan lo mira a los ojos. Entonces se inclina hacia él y le hace seña de que lo imite.

—¿Te acuerdas del poli al que dicen que enfrié?

¿Cómo olvidarlo?

—Sí. De hecho, sí.

—¿El imbécil que les disparó a ti y a Manny? Era su pareja.

Jus casi se cae de la silla.

—¿Castillo? —pregunta—. ¿Tomás Castillo era pareja de Garrett Tison?

—Sip.

—¿Cómo sabes?

—Ahí estaba la noche en que… este…

—En la que mataste a Castillo.

—Presuntamente.

Jus se reclina en la silla para asimilar la información.

—¿Estás bien, viejo? —dice Quan.

—¿Eh?

—Te ves medio afectado.

¿Debería contarle? No tiene nada que perder, ¿no?

Jus mira rápido a su alrededor y se inclina hacia el frente.

—¿Te puedo contar algo bien loco?

—Te escucho.

—Bueno, pues como una semana antes de que mata… de que muriera Castillo, ese idiota me arrestó. Mi chica estaba borracha y yo estaba tratando de llevarla a casa, pero Castillo creyó que yo le estaba robando el auto. Me esposó y no me dejaba decir nada.

—Así que el hijo de puta se llevó su merecido —dice Quan tronándose los nudillos.

Justyce mira su expresión de chico rudo y su ropa anaranjada. La potencia de sus palabras y su aparente falta de remordimiento lo calan hasta los huesos.

Se inclina hacia el frente otra vez.

—Dime por qué lo hiciste.

El rostro de Quan se endurece.

—¿Por qué hice qué?

—Quan, ya sé que confesaste. No tienes que hacerte el inocente conmigo.

—No sé de qué hablas, viejo —. Se cruza de brazos.

Bueno, pues. Otra estrategia.

—Bueno, nueva pregunta: ¿Por qué alguien haría lo que te acusan de haber hecho?

Quan se encoge de hombros.

—Si alguien le dice que lo haga, lo hace.

—Pero ¿quién le diría que lo hiciera?

Quan se voltea y Jus se da cuenta de que está a punto de perderlo otra vez. Pero Jus de verdad necesita saber, porque ahora hay una nueva pregunta sobre la mesa: ¿Y si Garrett Tison andaba de gatillo fácil por haber visto a su pareja asesinada por un chico negro? No es excusa, por supuesto. Pero Jus *sabe* que los efectos del trauma son reales: vio a su papá desquitarse con su madre durante años.

—Espera, olvida eso de "quién se lo diría". Solo necesito entender, Quan. A mí me balearon y Manny está muerto porque Garrett Tison creyó que *yo* tenía un arma. ¿Y ahora me dices que él estaba ahí cuando matas... digo, cuando le dispararon a su pareja?

Quan entorna los ojos.

—¿Qué me tratas de decir, viejo?

—No estoy tratando de decir nada, Quan. Solo ponte en mis zapatos. Todo esto es nuevo para mí.

Por un minuto, nadie dice nada, y Jus está seguro de que hacer esa visita fue un error. Pero luego, Quan empieza a hablar:

—Bueeeno, escúchame bien. De donde yo vengo, resistir es existir, hermano. Cada día que despertaba en el barrio podía ser el último. ¿Quieres sobrevivir? Júntate con *niggars* que no te traicionen y hagan lo necesario para quedarse en la cima, ¿me captas? Esos tipos... son mi familia. Me cuidan la espalda y yo se las cuido a ellos. Si alguien te dice que hagas una movida, haces una movida. Sin preguntar.

Jus niega con la cabeza.

—No me lo trago, viejo. No olvides que yo crecí a la vuelta de la esquina.

—Si mal no recuerdo, tu estrategia hizo que te plomearan y mataran a Manny —dice Quan.

Jus no tiene nada que responder.

—Ya sé que tú quieres salir adelante y eso, Justyce, pero tienes que enfrentar la realidad en algún momento. Estos blancos no nos respetan, hermano. Mucho menos los policías. Lo único que "protegen y sirven" son sus propios intereses. ¿Vas a seguir agachando la cabeza luego de que demostraron que tengo la razón matando a tu mejor amigo?

De nuevo, Jus no tiene nada.

—Ni siquiera puedo decir que me sorprendí al enterarme, viejo —continúa Quan—. Tú y Manny eran chicos buenos y aun así los jodieron. Por eso quería verte. Para hablar. Me pusieron terapeuta acá, pero a esa señora blanca no le puedo contar nada de esto. No lo entendería.

Jus asiente.

—¿Sabes qué, Quan? Te entiendo.

Y lo dice en serio.

—Está jodido, no hay forma de escapar de la MHN —dice Quan.

—¿La MHN?

—Sí. La Maldición del Hombre Negro. El mundo tiene diarrea y nosotros somos el escusado.

—Qué manera de decirlo.

—Déjame contarte cuándo lo aprendí. Era mi segunda vez en un correccional; tenía catorce años. Había un riquillo blanco de diecisiete, Shawn. El tipo se había parado a medianoche y apuñalado a su papá como ocho veces.

—¡Wow!

—¿Verdad? Trataron de imputarle intento de homicidio, pero su abogado consiguió que un doctor viniera a decir que era sonámbulo. ¡Y funcionó! El juez disminuyó el cargo a mera agresión. Le dieron sesenta días en un campamento de desarrollo juvenil y luego se pudo ir a casa.

—¿En serio?

—Seh. Mientras tanto, a mí me trancaron un año entero por un cargo de robo menor porque era mi segundo delito. El fiscal hasta me llamó "criminal de carrera" en la audiencia. —Quan niega con la cabeza—. Creo que ese fue el momento en el que me rendí. ¿Para qué hacer lo correcto si cada vez que alguien me mira asume lo contrario?

Justyce no puede responder. Sabe que Quan cometió delitos reales, mientras que su único error fue intentar bajar la música, pero tiene que admitir que él ha pensado lo mismo: ¿Qué sentido tiene intentar hacer lo correcto?

—¿Y entonces qué hago, viejo? —pregunta para sorpresa de sí mismo—. ¿Qué más nos queda?

Se traga el siguiente pensamiento: "Acabar en la cárcel no parece el camino adecuado".

Quan se encoge de hombros.

—Bueno, como un sabio me dijo una vez, la solución es doble: primero, tienes que usar el poder que ya tienes, viejo. La gente le tiene miedo a los tipos como nosotros. Si te temen, no se meten contigo, ¿me entiendes?

Jus no lo entiende, pero de cualquier forma asiente.

—Luego, tienes que conseguirte una tribu. La unión hace la fuerza. De hecho… deberías hablarle a Martel —continúa Quan—. Es como nuestro hermano mayor. Nos enseñó todo lo que sabemos.

El corazón se le acelera a Justyce. Él sabe exactamente quién es Martel y en qué anda (o sea, ¿Jihad Negra?). Lo último que quiere es meterse con el líder de una pandilla.

—No, viejo, no hace falta. Ya aprendí mucho de ti.

Mira por encima del hombro para ver la salida de nuevo.

Quan sonríe.

—Te voy a dar el teléfono de Trey. Él te pone en contacto con Martel.

—De verdad que no hace falta, Quan. Te lo juro, estoy bien.

—Es duro estar solo allá afuera, hermano. Martel lo entiende. —Quan lo mira directo a los ojos, y una piedra le cae en el estómago—. Te van a recibir si quieres entrar —dice.

—De verdad, hermano. No hace falta. Además, no tengo nada con qué escribir.

—Seguro que te acuerdas del número hasta llegar a tu celular. ¿Listo?

En cuanto Quan recita el último dígito, un guardia que Jus no había visto dice:

—¡Se acabó el tiempo!

Durante el camino de regreso a su auto, algunas de las palabras de Quan le dan vueltas en la cabeza: "Resistir es existir… Los blancos no nos respetan… No hay forma de escapar de la Maldición del Hombre Negro…". Esa es exactamente la forma de pensar que intentaba combatir en sus cartas a Martin.

Pero preguntarse "¿qué haría Martin?" no ayudó, ¿o sí? Por eso dejó de escribir. Una cosa que dijo Quan no la puede rebatir: hacer las cosas a su manera terminó con él y su mejor amigo baleados. Sí, Quan está en la cárcel, pero al menos está vivo.

Manny no puede presumir de lo mismo.

Al subirse al auto, Jus agarra su celular. Antes de poder cambiar de opinión, guarda el número de Trey.

CAPÍTULO 18

Resulta que no usar el número es más difícil de lo que esperaba Justyce, sobre todo cuando está solo con los recuerdos de su amigo. Unos días después, terminando las clases, está en el salón de Doc para evitar hacer la llamada, cuando SJ irrumpe como si la vinieran persiguiendo perros rabiosos.

Verla es un puñetazo en el estómago. Se queda sin aliento. No han hablado mucho desde el funeral, hace un par de semanas, pero verla tan... ¿SJ?... lo centra de una manera inesperada.

—¡Oigan!

—¿Sí, Sarah-Jane? —dice Doc, la imagen misma de la calma.

—¿Tienen idea de lo que está pasando?

—La verdad es que no —contesta Doc.

—¿Dónde está el control?

Doc lo saca del cajón de su escritorio y se lo pasa. En cuanto la tele está encendida y en el canal correcto, a Jus le cuesta trabajo respirar, pero por una razón completamente distinta.

Ahí en la pantalla, sonriente y descarada, está una foto de la declaración-política-convertida-en-coqueteo-con-la-muerte que lo obligó a hacer Jared en Halloween. Por supuesto que todos los demás —incluido Blake, el Miembro del KKK— fueron cortados de la versión que llegó a televisión nacional. Solo muestran a Justyce McAllister vestido como matón excepcional.

—Conocemos sus calificaciones, sus resultados en el SAT y su admisión a una escuela de la Ivy League —dice el presentador—, pero una imagen dice más que mil palabras. Este muchacho creció en el mismo barrio que el joven acusado de asesinar a la pareja de Garrett Tison más o menos por capricho.

—Tiene que ser broma —dice Jus.

La gente de todo el país se ha unido a la causa. Usan camisetas que dicen "Justicia para JYM" ("JYM" son Justyce y Many) y conducen con la música a todo volumen de las 12:19 a las 12:21, cada sábado al mediodía, para conmemorar el momento del altercado entre ellos y Garrett. Pero si Justyce aprendió algo de los casos de Shemar Carson y Tavarius Jenkins es que no se requiere más que una foto para influir en la opinión pública.

SJ se cruza de brazos y los tres se inclinan al frente. Quieren escuchar el "análisis" del experto en violencia de pandillas, que aparece a un lado de la pantalla, dividida entre él y el presentador.

—Digo, es obvio que este muchacho llevaba una doble vida —dice el tipejo—. Ya sabes lo que dicen, Steven: "Puedes sacar al muchacho del barrio…, pero nunca sacarás al barrio del muchacho".

SJ: Grandísimo hijo de puta.

Doc: Shhh…

SJ: ¡Es una difamación descarada!

Experto: Hay muchos informes sobre lo buen chico que era Emmanuel Rivers, pero ¿si esta era la gente con la que se juntaba? Bueno, pues ya no sé, Steven.

Jus: [*Niega con la cabeza.*] No lo puedo creer.

Steven: Hemos recibido reportes de que el otro joven al que mencionó —Quan Banks— es familiar de Emmanuel Rivers. ¿Sabe algo de eso?

Experto: No me sorprendería que ambos chicos tuvieran vínculos con Banks. ¿Cómo saber si el oficial Tison no los vio en la escena del crimen la noche que asesinaron a su pareja frente a sus ojos? Tienes que atar los cabos, Steven. Garrett Tison y Tommy Castillo atienden una queja de música demasiado alta, hay una Range Rover estacionada en la entrada del domicilio infractor, y un matoncito surge del asiento trasero con una escopeta. Ahora que nos estamos enterando de todas estas conexiones, ¿quién sabe si no fue la misma Range Rover que Emmanuel Rivers conducía? El oficial Tison dice que esos chicos le apuntaron con una pistola y, después de ver esta foto, no me sorprendería.

Cuando las noticias cortan a otro segmento, SJ apaga la televisión.

Doc se ve demasiado furioso para hablar. Lo único que puede hacer Jus es hundir la cabeza entre las manos.

—Carajo, Jared —dice SJ—. Si ese cretino no hubiera...

El teléfono de SJ suena y Jus alza la vista. Al ver la pantalla, las cejas de ella se disparan hasta el techo.

—¿Quién es? —pregunta Jus.

SJ le enseña el celular. El nombre en la pantalla es "Don Imbécil".

—Hablando del rey de los payasos...

—¿Jared? —pregunta Jus.

—Sip. Contesto en el pasillo.

Mientras cierra la puerta, Jus la oye gritar.

—¡¿Ya viste las noticias hoy, imbécil?!

Doc le pasa un brazo sobre los hombros a Jus y le da una sacudidita.

—¿Quieres hablar?

—¡Pero qué mierda, Doc!

Jus patea el pupitre que tiene al lado y lo voltea.

—Sip.

Doc lo reacomoda.

—¿No basta con que Manny esté muerto, hermano? Eso como si quisieran que Garrett se saliera con la suya.

—Niega con la cabeza—. Sabía que debí haber rechazado la idea de Jared. Definitivamente no debí haberlo dejado tomar esa foto… Pero ignoré cómo me sentía porque estaba tratando de ser como…

Rechina los dientes.

—¿Como Martin?

Jus asiente.

—¿Le sigues escribiendo?

—No, hermano.

—¿Por qué no?

Jus se encoge de hombros.

—No le veo el caso. Mi experimento obviamente falló. No quiero pensar en eso.

—Ya veo.

—¿Sabe qué es lo más loco de todo, Doc?

—¿Qué?

—Tengo un solo recuerdo del día en que todo ocurrió: un dolor intenso en el pecho y en el hombro, y luego, no poder respirar. Y justo entonces, cuando creí que me estaba muriendo, caí en la cuenta de que, a pesar de lo buen tipo que era Martin, lo mataron.

Doc asiente.

—Lo sé. Pero no creo que, de haber sabido que lo iban a matar, hubiera cambiado su forma de vivir, Jus. Desafió el *statu quo* y ayudó a traer un cambio. Estoy bastante seguro de que ese era su objetivo, ¿no crees?

—Lo único que sé es que él y Manny están muertos y a mí me están pintando como el malo.

—Te entiendo. Mira, Jus, la gente necesita que el caos en el mundo tenga un poco de sentido. Ese "experto" idiota prefiere creer que tú y Manny eran matones antes de creer que un policía, con veinte años en el servicio, hizo un juicio apresurado basado en el color de la piel de alguien más. Él se identifica con el poli. Si el poli es capaz de asesinar, significa que él también. No lo puede aceptar.

—Bueno, ese es *su* problema. No debería ser el mío.

—Tienes razón. Pero sí es tu problema, porque te afecta. Ya sé que es una mierda, disculpa el francés, y definitivamente no es justo. Pero esa gente necesita justificar las acciones de Garrett. Ellos necesitan creer que eres un tipo malo, que obtuviste lo que te merecías, para que su mundo siga girando como siempre.

—¿Y eso cómo me ayuda, Doc?

—No te ayuda.

Jus niega con la cabeza otra vez. El número por el que podría contactar a Martel le cruza la memoria.

—Y entonces, ¿para qué intentar siquiera ser bueno?

—No puedes cambiar la manera de pensar y actuar de los demás, pero sí tienes el control total de ti mismo. Al fin y al cabo, la única pregunta que importa es esta: si nada en el mundo cambia jamás, ¿qué tipo de hombre serás tú?

Un silencio denso se asienta en el salón, pero cuando Jus está a punto de hablar de nuevo, SJ vuelve a entrar.

Durante un minuto, se queda ahí parada, con la espalda contra el marco de la puerta y el ceño fruncido.

—¿SJ? —pregunta Doc—. ¿Todo bien?

SJ sale del trance.

—El payaso Christensen parece estar mudando su piel mierdera, amigos.

—¿Qué? —se sorprende Jus.

SJ se acerca y se deja caer en el asiento vacío junto a él. Se vuelve para mirarlo directo a los ojos.

—Quiere aclarar las cosas —dice.

—Espérate. —Jus sacude la cabeza—. Empieza. Ya me confundí.

—Jared. La llamada era suya.

—Eso sí lo capté.

—Bueno, pues está enojado por lo que hicieron con la foto de Halloween. Dice que su papá va a hacer unas llamadas para que muestren la imagen completa, la idiotez del KKK de Blake incluida.

Jus no sabe qué hacer. ¿No es el mismo idiota que iba a presentar cargos contra Manny por la paliza que le dio? ¿Por qué de repente se convirtió en don Noble?

—¿Qué crees que se traiga?

—No sabría decirte, la verdad. Parecía un poco… ¿desilusionado? Contesté el teléfono y le dije "imbécil", y sonó como si se hubiera quedado chiquito. "Ni siquiera puedo decir que no estoy de acuerdo, SJ", dijo. "Todo esto es mi culpa". Tuve que volver a mirar el teléfono para asegurarme de que sí estaba hablando con él.

Jus aprieta la mandíbula.

—Así que ahora quiere ser la Gran Esperanza Blanca…

—Díganme si me equivoco —lo interrumpe Doc—, pero Manny y Jared eran buenos amigos, ¿no?

Jus se encoge de hombros.

—Sí, supongo.

—¿Se les ha ocurrido que quizá no quiera que manchen el buen nombre de su amigo, igual que ustedes?

Ni SJ ni Jus contestan.

—Tengan un poco de caridad. Él también está en duelo.

La mirada de Jus flota por el salón, hacia donde Manny y Jared se sentaban juntos en Evolución Social.

—Sí, está bien, Doc.

—Tengo que ir al sanitario. —Doc se levanta—. Con su permiso.

Cuando Doc sale del salón, Jus se vuelve aún más consciente de la presencia de SJ. Mira sus manos sobre el pupitre y ve que trae las uñas pintadas de verde. Eso le hace sonreír. Durante una de sus sesiones de preparación en su casa, se tomaron un descanso para ir por algo de comer. Justo antes de salir de la tienda, SJ le preguntó cuál era su color favorito. Cuando le dijo que verde, salió corriendo y regresó con el frasquito de esmalte.

Justyce carraspea.

—Entonces…

—Espera, tengo que decirte algo.

—Bueno.

SJ se vuelve para mirarlo.

—Te debo una disculpa. Por... desaparecer —jugue-tea con sus uñas— después del torneo y sin explicación alguna. Lo siento.

—Ah. —Una emoción que no reconoce le surge en el pecho. Está en terreno peligroso y lo sabe. Más si toma en cuenta la manera en que lo está mirando—. ¿Te... este... molestaría explicarme ahora?

—¿Entré en pánico?

—Entraste en pánico.

—Bueno, pensé en Melo... ¿y no sabía cómo estaban las cosas con ella ni dónde encajaba yo? En fin. El caso es que no volverá a suceder.

—Ok.

—Lo digo en serio, Jus. Quiero que cuentes conmigo. Para lo que necesites. Una amiga, un abrazo, lo que sea.

—Gracias, S. —Le da un empujoncito con el hom-bro—. Lo aprecio de verdad.

Ella asiente.

—Entonces, ¿todo bien?

—Sí —sonríe Jus—. Todo bien.

¡VICEPRESIDENTE SEPARADO DE SU CARGO POR ALTERACIÓN DEL ORDEN!

POR: SONYA KITRESS

Para The Tribune

Julian Rivers, vicepresidente ejecutivo de la Corporación Financiera Davidson Wells, ha dejado su puesto tras preocupantes reportes de su participación en el movimiento "Justicia para JYM". Según el CEO, Chuck Wallace, las fotografías del señor Rivers en las primeras líneas de una marcha que detuvo el tráfico de Atlanta durante horas la semana pasada desataron la pérdida de varios clientes de alto perfil y de aproximadamente ochenta millones de dólares en ingresos para la empresa de gestión de activos. En un comunicado de prensa de ayer por la tarde, Wallace declaró: "Mientras que respetamos la gravedad de la trágica muerte de un niño, la participación en una actividad que altere el orden público es causante de investigación y posible despido. El señor Rivers ha sido un activo muy importante en Davidson Wells durante más de diecinueve años y, si bien lamentamos verlo partir, acordamos mutuamente separar nuestros caminos".

El hijo de Rivers, Emmanuel, murió en un tiroteo durante una disputa por música demasiado alta a finales de

enero. La fecha de juicio para el tirador, quien fue imputado el mes pasado, aún no ha sido anunciada.

CAPÍTULO 19

Jus no está seguro de muchas cosas últimamente, pero lo que sí sabe es que no debería estar sentado en el fondo del autobús 87. De no ser por el recorte de periódico que trae en el bolsillo, estaría estudiando para los exámenes finales o pasando el rato con SJ. Pero lo único en lo que ha podido pensar en los últimos días es en lo tristes que se veían los papás de Manny cuando lo invitaron a cenar para decirle que se mudaban.

Doc le dio a Jus una copia del artículo que anunciaba que el señor Julian "dejaba su puesto" la mañana en que lo publicaron. ¿Lo primero que pensó? En vez de Sonya Kitress, el nombre de la autora debería ser "Soyla Metiche". Los papás de Manny más o menos patrocinaban la rama de Atlanta del movimiento Justicia para JYM, así que por supuesto que habían participado en las marchas. No era su culpa que justo en la que los fotografiaron fuera la que se había desparramado hacia la autopista y bloqueado los carriles en ambas direcciones.

El día en que los Rivers le compartieron sus planes de mudanza, también le contaron que el señor Julian había recibido un ultimátum que decía, básicamente: "Rompa todo vínculo con ese supuesto movimiento o despeje su oficina" (más o menos en esas palabras). El señor Julian le contó a Jus que les explicó "tranquilamente el significado de 'desobediencia civil'" antes de descolgar sus diplomas enmarcados de la pared.

Jus está a bordo del autobús 87, el último en el trayecto de Oak Ridge a Wynwood Heights, porque lo que le dijo Quan —"no hay forma de escapar de la Maldición del Hombre Negro"— le ha estado rebotando en la cabeza desde que salió de casa de los Rivers. No tiene idea de a dónde más ir ni a quién más acudir. SJ es genial, pero no para hablar de este tema, y, si bien podría ir con Doc, en realidad no tiene muchas ganas de oír más consejos estilo "tú sé bueno aunque el mundo te cague encima".

Su mamá ahorcaría a Jus si supiera a dónde va —todos en el barrio saben quién es Martel—, pero, francamente, ella no ha sido de mucha ayuda tampoco: cada vez que le habla o pasa a visitarla, saca el tema de SJ.

Lo único que sabe Jus es que tiene una sensación horrible en el estómago, como si alguien se le hubiera metido a la panza y se la hubiera raspado con un rallador de queso. Tiene que librarse de ese sentimiento de alguna forma. Hablar con alguien que entienda lo que siente, porque también lo ha sentido.

¿Saben quién sí entiende? Deuce Diggs. Jus ha estado oyendo su música un montón desde que se despertó sin mejor amigo. Hay una canción que repite sin cesar desde que salió el artículo:

Prendes la tele; un mártir más cayó.
Te dicen: "Tranquilo, aquí nada pasó.
No fue por la raza, ya está en el pasado.
Te hice un dibujito: ¡es Obama destazado!
No vemos colores; no eres negro a mis ojos.
Adentro, donde importa, todos sangramos rojo.
Olvida la raza, ya no son los sesenta.
Ya no hay segregación, ¡ya no nos pidas cuentas!".

Pero, por supuesto, Jus no tiene acceso a Deuce Diggs; no es como que pueda llamarlo y decirle: "Oye, viejo, yo siento lo mismo que tú. ¿Podemos hablar?".

Jus recuerda lo que le dijo Quan, que los chicos del barrio eran su familia. Que Martel sí lo entendería. Que lo recibiría si quería entrar.

En realidad, por eso está en el autobús: está harto de sentirse solo.

Lo primero que le pasa por la mente al bajarse del autobús es la ironía de estar buscando consuelo en el preciso lugar del que estaba intentando huir. Cuando ve pasar a alguien en un Mercedes nuevecito, también siente un pinchazo de culpa por negarse a ir a casa de Martel en su auto nuevo. ¿Cómo enojarse con los blancos por sus perfiles raciales si él hace exactamente lo mismo? "Cierra con llave… Esconde tus pertenencias…". Hasta dejó el reloj de Manny en casa.

Esa es la clase de mierda que tiene que remediar.

Dobla a la izquierda hacia la calle Wynwood y ve la Range Rover color plomo que Trey dijo que estaría en la entrada. A pesar de ser un modelo más viejo que la de Manny, de solo verla quiere salir corriendo.

Debería irse. De verdad que debería. Irse a "casa", a su escritorio de caoba y a la MacBook que le entregó su escuela.

Pero se queda.

No se da cuenta de que hay tres tipos sentados en el porche hasta que empieza a cruzar el patio delantero. Ahí está Trey, además de Brad el Rubio y el tipo que tenía la pistola en el desastre de Halloween.

—¡Ey! ¡Pero si es el Sabiondo! —dice Brad.

El pistolero —Jus no recuerda su nombre— sonríe.

—¿Cómo andas, Justyce? —dice—. ¡Qué bueno verte, mi viejo amigo, mi socio!

Los demás se ríen.

Jus baja la mirada de inmediato hacia la cintura del tipo. Nota el bulto de la pistola debajo de su camiseta. Siente un escalofrío.

Trata de juntar fuerzas.

—¿Qué onda, hermanos?

Todos se ríen de nuevo.

Trey lo barre con la mirada como hizo en la fiesta de Halloween hace tantos meses. Le dedica esa sonrisa macabra suya, y Jus siente que sus tripas están a punto de presentarse en sus boxers.

—Oye, Martel, tienes visita —grita Trey por encima del hombro hacia el mosquitero, y en cuanto Jus pone un pie en el porche, una voz lo llama desde adentro:

—¡Pasa, hermanito!

Aunque tenga el corazón a punto de estallar, Jus abre la puerta y entra a la misma casa que ha mirado de soslayo toda su vida, por los rumores de las drogas y armas escondidas dentro. Recorre un corto pasillo adornado con lo que parecen reliquias africanas: máscaras tribales, jeroglíficos enmarcados y un cuadro con la silueta de Nefertiti (la reconoce por el tocado cilíndrico, que le recuerda los cortes de pelo que algunos jugadores de la NBA están intentando poner de moda).

Hay arte similar en todas las paredes de la sala. Jus está seguro de que ese sitio ganaría el récord mundial por tener la mayor colección de parafernalia del antiguo Egipto. Su mirada vaga por el recinto hasta toparse en un hombre negro, casi joven y de barba; un *dashiki*[3]

---

[3] Prenda colorida y elaboradamente bordada que se usa en los países de África Occidental. Suele representar el orgullo por la herencia cultural.

le cubre el torso y porta un gorro *kufi*[4] en la cabeza. Está sentado con las piernas cruzadas en una silla *papa-san* con un cojín de *kente*[5]. Lo más notorio es el dispositivo de rastreo que tiene abrochado al tobillo. Así que por eso no podían verse en un café.

—Bienvenido —dice—. Has de ser Justyce.

—Sí…, el mismo.

—Martel. —Le extiende la mano, y Jus se acerca para estrechársela—. Un placer conocerte.

—Igualmente.

Jus mira a su alrededor de nuevo y se mete las manos a los bolsillos.

Si bien ha sabido del líder de Jihad Negra desde la secundaria, Martel en persona no es lo que esperaba. Honestamente, no tiene idea de qué decirle. El silencio está empezando a transformarse en algo más bien amenazador.

—Está *cool* el arte.

Martel sonríe.

—Me gusta rodearme de recordatorios del antiguo Kemet[6] para que nunca olvidemos nuestras raíces imperiales. ¿Sabes algo al respecto?

---

[4] Gorro tradicional que se usa en varias culturas de África Occidental y en comunidades musulmanas alrededor del mundo.

[5] Tipo de cojín decorativo que utiliza tela de kente como cubierta. El kente es un tejido tradicional de África Occidental.

[6] Esta denominación se usaba para describir la región del Egipto antiguo, que es conocida por su impresionante legado cultural y sus significativas contribuciones a la civilización.

Jus se encoge de hombros.

—Lo he estudiado un poco, pero no sé mucho. Lo siento.

—No hay por qué disculparse. —Martel apoya la barbilla sobre los dedos—. Ya aprenderás, hermanito. Ya aprenderás. Los europeos consiguieron denigrar y esclavizar a los pueblos de ascendencia africana, pero tienes sangre real fluyendo por tus venas, ¿me oyes?

Justyce asiente y traga saliva.

—Sí, señor.

—Los miembros de la diáspora llevamos tanto tiempo siendo tratados como inferiores que la mayoría nos hemos acostumbrado a la mentira de la superioridad blanca. Pero nunca lo olvides —continúa Martel—: tus ancestros sobrevivieron un viaje transatlántico, construyeron este país desde sus cimientos y mantuvieron su humanidad, incluso cuando las condiciones de su existencia sugerían que eran menos que humanos. Ese es tu legado, hermanito. Este país te pertenece. *Jihad* es el acto de luchar, de perseverar. Ese es tu legado, hermanito. Este país te pertenece.

Mientras Jus escucha su voz, empieza a relajarse. No sabe si será la voz en sí misma, lo que dice, el arte, el incienso o la atmósfera, pero algo tienen Martel y su casa que lo hacen sentir más relajado de lo que había estado en mucho tiempo.

Se vuelve para ver a Martel —que lo ha estado observando, leyendo, analizando desde que entró a la sala— y... sí, Martel sí lo entiende. Quan dijo que lo recibirían, y se siente recibido. Ese efecto de encantador de serpientes le da vértigo.

—Entonces, ¿qué puedo hacer por ti, Justyce? —pregunta Martel.

Cuando se da cuenta, Jus ya le está contando todo lo que no le puede decir a nadie más: cómo se sintió el perfil racial, el experimento de Martin y su fracaso, lo solo que se siente y lo furioso que está, lo mucho que extraña a su amigo.

Martel lo escucha con atención, sobándose la barba, bajando los ojos cuando Jus llega a la muerte de Manny, entornándolos cuando le cuenta del empleo del señor Julian. Para cuando Jus termina de sacarlo todo, está tirado bocarriba sobre el *anj*[7] gigante que hay en el centro de la alfombra egipcia de Martel. Se siente vacío... en el buen sentido.

Martel se levanta sin decir palabra y desaparece en lo que parece ser la cocina. Jus deja caer la cabeza hacia la izquierda. Entonces ve la escopeta recortada metida debajo del borde de la mesita de centro.

La certeza de que no debe estar aquí lo golpea como un mazazo. Sin importar lo tranquilo que se vea Martel, el tipo es un delincuente (este, ¿trae una tobillera de arresto domiciliario?). Y los tipos de afuera... son los

---

[7] El *anj* o cruz ansada es un símbolo egipcio de la vida después de la muerte y de la continuidad.

mismos que amenazaron con dispararles a los antiguos amigos de Manny.

¿Qué carajo está haciendo ahí?

Siente un toque en el pie, así que abre los ojos. Martel está acuclillado junto a él, con un vaso en una mano.

Jus se sienta y se da un trago. El primero es demasiado grande. No sabe por qué no esperaba que fuera alcohol. Tose mientras siente las llamas del infierno correrles por el esófago, pasarles por el pecho y llegarles a su estómago.

Martel se ríe. Jus ve que es una risa de diversión genuina. Tiene sentido que los chicos sin padre del barrio se arremolinen a su alrededor.

—Así que se desvaneció la ilusión, ¿eh? ¿Ahora ves la verdad? —dice.

Jus asiente, y la sensación de derrota le regresa al pecho ahora que el fuego del licor desapareció.

—¿Estás listo para contraatacar?

Justyce sabía que vendría esa pregunta. Sin embargo, para lo que no está listo es para el miedo que parece haberse colado frente a su ira. ¿De verdad está listo para contraatacar? Definitivamente no es lo que Manny querría.

Pero si tuvo que buscar a Martel es porque Manny no está.

Justyce alza la vista hacia Martel. El tipo no tiene ni rastro de ansiedad en la cara. Nada de presión. Nada de miedo. Jus se lleva el vaso a los labios de nuevo…

Trey irrumpe en la sala con el Pistolero y Brad el Rubio pisándole los talones.

—Mira nada más —dice mientras le pasa un celular a Martel. Todos se asoman a la pantalla.

—Ese es el idiota al que le pegaste en la fiesta de Halloween, ¿verdad, Brad? ¿El que estaba vestido con esa mierda del KKK? —pregunta el Pistolero.

—Sí —dice Brad—. Ese mismo.

—Ese tipo dice que le partiste la cara hace unos meses, Justyce —dice Martel mientras le entrega el celular.

Ahí, en mayúsculas sobre una foto de Blake Benson, dice: "El pasado violento de Justyce McAllister: una víctima alza la voz".

—Carajo, Sabiondo —dice Trey mientras le sacude un hombro—. ¡No sabía que tuvieras pantalones!

—¡Eso es todo, hermano! —dice el Pistolero—. Si le sabes como este tipo dice que le sabes, te puedes juntar con nosotros cuando quieras.

—En serio. ¡Te nos pareces más de lo que creía! —dice Brad.

Esa es la gota que derrama el vaso.

—Me tengo que ir.

Jus se pone de pie torpemente y se dirige hacia la puerta, negándose a regresar cuando lo llaman.

—Déjenlo ir —oye que dice Martel mientras él sale.

CAPÍTULO 20

La señora Friedman luce tan sorprendida de ver a Justyce en la puerta de su casa que busca por encima de su
hombro para asegurarse de que no haya un fantasma o
algo detrás de él.

—¿Justyce?

—Hola, señora F. ¿Está Sarah-Jane?

—Claro. Pasa, pasa.

Al ver a la señora F ahí parada con los ojos desorbita-
dos, Jus piensa que no debió haberse presentado sin avi-
sar. Y no es que haya tomado una decisión consciente…
Regresó a la escuela después de estar en casa de Martel,
se subió a su auto y dejó que sus instintos lo guiaran.

Y ahí lo llevaron.

—Debí haber llamado antes —dice—. Lo siento…

—No, no, no es eso para nada. Es solo que… Bueno,
te extrañamos mucho por aquí.

¿Lo extrañan?

—SJ está en su cuarto, pero ¿te importaría saludar a Neil? Le va a encantar verte.

—Este… claro.

La señora F lo lleva a la sala, donde el señor Friedman está tirado en su sillón reclinable, viendo partidos viejos de básquet.

—Mira quién vino de visita, Neil —dice.

Cuando el señor Friedman ve a Jus, se sienta derechito como estatua.

—¡Jusmeister!

—Hola, señor F.

—¡De verdad eres tú! —El señor Friedman da un brinco para abrazarlo, y Jus hace una mueca de dolor por la presión en su hombro—. ¿Cómo has estado? ¡Nos da mucho gusto verte, hijo!

—Se nota.

Los Friedman se ríen.

Jus traga saliva. Lo abruma un poco todo ese… amor.

—Sarah está en su cuarto si quieres subir, Justyce —dice la señora F.

—Gracias. Y gracias por la cálida bienvenida. Les prometo que llamaré antes la próxima vez.

—Ay, no seas tonto.

Jus sonríe y se vuelve para subir las escaleras.

—Oye, Jusmeister, si te hace falta algo, lo que sea, en serio, no dudes en llamarnos, ¿sí? —dice el señor F a sus espaldas.

Al principio, Jus se crispa. Si hay algo que no puede soportar es que le tengan lástima.

Pero al asomarse por encima del hombro y ver los rostros de los padres de SJ, sabe que no es lástima lo que sienten.

Carraspea.

—Muchas gracias, señor. Lo aprecio mucho.

—Por nada, chico.

—Bueno, ya te avergonzamos lo suficiente —dice la señora F—. Sube, anda.

Mientras Jus sube, se pone nervioso. ¿Y si a SJ no le parece tan divertido como a sus papás que él se deje caer por su casa? ¿Y si está ocupada? ¿Y si está dormida? Ni siquiera sabe qué decirle.

La puerta está entreabierta, y alcanza a oír algo como NPR y Carrie Underwood sonando al mismo tiempo dentro del cuarto.

Típico.

Toca la puerta.

—Adelante.

SJ está tirada en la cama, vestida con sus *shorts* de lacrosse de la preparatoria Bras y una camiseta, y con un libro de cálculo abierto sobre las piernas. Cuando ve que es él, se para derechita igual que su papá, con la misma expresión que su mamá.

Eso le saca una sonrisa.

—Hola —dice Jus.

—¡Hola! Este... —Se remueve un poco como si no supiera bien qué hacer. Cierra el libro de cálculo, lo pone a un lado y columpia las piernas para terminar sentada al borde de la cama—. ¡Ah! —Agarra un control remoto de la mesita de noche y lo apunta a las bocinas conectadas a su computadora en el escritorio. NPR y Carrie Underwood se callan.

—Entonces... Este... Viniste.

Jus se ríe.

—Eso fue lo que dijeron tus papás.

—Ay, Dios, ¿te atacaron? Lo siento mucho. —Niega con la cabeza—. Eres de lo único que hablan últimamente. Te hubiera advertido de haber sabido que venías.

Jus se ríe de nuevo.

—No pasa nada. De hecho, se sintió muy bien.

SJ sonríe.

—¿Te quieres sentar? —pregunta señalando el sitio vacío junto a ella.

Jus se sienta tan cerca que los hombros y las piernas de los dos se tocan. La piel de SJ se siente calientita.

—Y entonces... ¿qué lo trae a casa de los Friedman, señor McAllister? —pregunta dándole un empujoncito con la rodilla.

Él voltea a verla.

—Tú.

—¿Yo?

—Sí... este... —Desvía la mirada—. Pues...

—¿Todo bien, Jus? —Le toca el antebrazo justo encima de la muñeca, y el recuerdo de las esposas lo abruma después de tantos meses.

Jus baja la mirada hacia las manos de SJ y siente que se le quita un peso de encima. El esmalte está caído a medias, pero todavía tiene las uñas pintadas de su color favorito.

Jus se levanta, tira de SJ para que se pare también y la envuelve en un abrazo que la eleva del suelo.

—Este... bueeeno —dice SJ.

Jus inhala el aroma de su champú frutal.

—Casi me uno a una pandilla hoy —dice.

—¿Qué?

—Que casi me uno a una pandilla. —La vuelve a bajar—. ¿Te acuerdas de los tipos que te conté de la fiesta de Halloween?

—¿Los que amenazaron con dispararte?

—Sí. Fui a visitar a su líder.

—¿Que hiciste qué?

—Estaba considerando, este... unirme a su pandilla.

SJ se queda boquiabierta.

Se vuelven a sentar en la cama y Jus le cuenta de cuando visitó a Quan en el correccional y la secuencia de eventos que lo llevó a casa de Martel. En algún punto empieza a llorar, lo que normalmente lo avergonzaría, pero no siente vergüenza porque no se había sentido tan bien desde... pues, desde que tiene memoria.

Es cierto que parte de sentirse tan bien seguramente tiene que ver con estar envuelto en los brazos de SJ, con la cabeza recargada en su hombro. Jus no tiene idea de cuándo sucedió, pero así están.

Manny le diría "niñita" por dejar que ella lo abrace mientras él chilla como un bebé, pero en vez de ponerse triste, la idea lo hace sonreír. Manny también le diría: "Te tardaste mucho, tonto".

Tras unos minutos de silencio, SJ lo suelta y él se sienta.

—Gracias por eso —dice con una sonrisa.

SJ no se la devuelve.

—¿Estás bien?

—¿Justyce, te gusto?

—¿Qué?

SJ entrelaza las manos sobre las piernas.

—Digo… ya sé que estás pasando por muchas cosas en este momento…

—¿Pero? —dice él.

Ella lo mira.

—Pero ya no me puedo seguir haciendo esto, Jus.

—¿De qué hablas, S?

SJ suspira.

—Bueno, es que me gustas desde décimo grado.

—¿De verdad?

—Sí. Al principio, eso era todo, no esperaba que sucediera nada más. Pero el semestre pasado empezamos a hablar más y a pasar más tiempo juntos y como que… evolucionó.

Jus no sabe qué decir.

—El problema es que no sé leerte. A veces parece que te intereso, pero otras eres medio distante. A veces tu forma de mirarme me hace querer ponerte el mundo en una bandeja y entregártelo, pero otras veces ni siquiera me miras.

—Uf, S.

—Por mucho que disfrute de tu amistad y de tu compañía, no puedo seguirme entregando a la esperanza de que algún día seamos más que amigos. Necesito saber qué sientes tú. Así que dime la verdad. —Lo mira directo a los ojos—. ¿Te gusto, Jus?

Jus traga saliva.

—Este... Yo, eh...

—Ay, no. No te gusto nada.

—¿Qué? Yo no dije...

—¡Dudaste!

Jus se mira las manos morenas y ve el reloj de Manny.

—¿Sabes qué? No pasa nada —dice ella—. Aún podemos ser ami...

—Sí me gustas, S.

Ella lo fulmina con la mirada.

—No lo digas solo para callarme la boca, Justyce.

—¡No es por eso! ¡Sí me gustas, te lo juro! Más de lo que nunca me ha gustado una chica.

—¿Por qué siento que viene un "pero"?

Jus suspira.

—Es por Melo, ¿verdad? —pregunta.

—¿Qué? ¡No! Melo y yo terminamos. Ahora sí es en serio.

—¿Y entonces qué pasa? ¿Es por mí?

—¡No! Es que… —Mira alrededor. Mira hacia todos lados menos hacia ella—. Es complicado.

SJ baja la cabeza.

—Olvídalo y ya.

—¡Espera! ¡No!

"Es ahora o nunca, viejo", dice Manny en su cabeza.

Jus se vuelve para verla de frente.

—Lo siento, S. Por confundirte. Tienes razón. Nunca te dije cómo me sentía porque yo también tenía miedo.

Ella mueve las manos sin hablar.

Jus respira hondo.

—Lo que pasa es que… Mi mamá… pues, no le encanta la idea de que, bueno… de que salga con alguien que no sea de mi raza —dice.

SJ retrocede. Ladea la cabeza.

—¿En serio?

—Sí. Así es desde que era chiquito, pero se ha vuelto más insistente desde que… —Se interrumpe.

—Desde el tiroteo —dice SJ.

—Sí.

SJ suspira.

—Pero ya no me importa —dice Jus.

—¿Qué?

—Lo que ella piense. Ya no me importa.

SJ arquea una ceja y se cruza de brazos.

—Y yo soy el conejo de Pascua.

Jus se ríe.

—Bueno, sí me importa, pero… —Se detiene a admirar su cara. A ver lo que se perdería—. No puedo permitir que me detenga —dice—. La vida es muy corta.

SJ se muerde el labio. El gesto lo vuelve loco.

—Déjame decírtelo muy claro —dice Jus—. Me gustas, Sarah-Jane. No importa lo que piense mi mamá, significas mucho para mí y, si aceptas, me encantaría salir contigo un día.

SJ entorna los ojos.

—Salir a una cita.

—Ya sé, tonto. —Ella pone los ojos en blanco y sonríe—. Nunca me habías dicho Sarah-Jane.

Jus sonríe.

SJ se sonroja.

—No te voy a mentir: es muy divertido ponerte los cachetes rojos —dice Jus.

—¡Cállate! —contesta con un golpe.

Eso lo hace reír y además le da ganas de besarla.

—¿Y entonces? ¿Qué hacemos? ¿Nos lanzamos?

Ella se tapa la cara.

—¡Ya deja de hacerme sonrojar!

—Nop.

—¡Ash! —resopla y deja caer las manos—. ¿Vas en serio?

—Bien en serio.

Ella entorna los ojos un instante y luego dice:

—Bueno.

Sonríe otra vez.

Jus niega con la cabeza.

—Tenías que hacerme sudar, ¿eh?

—Solo te devolví el favor.

—*Touché*.

Pasa un instante, y luego:

—¿Puedo decirte algo? —pregunta SJ.

—¿Así que hay más?

—Cállate. Es en serio.

—Bueno… —Y ahora está nervioso.

SJ respira muy hondo y recorre su cuarto con la mirada.

—Verte con todos esos tubos conectados tal vez haya sido el peor momento de mi vida, Jus. ¿Pasé tanto tiempo comportándome como una estúpida y luego casi te pierdo? —Niega con la cabeza.

—Yo me sentí igual al verte en el funeral.

Silencio.

Entonces:

—¿Justyce?

—¿Sí, Sarah-Jane?

—¿Podemos acordar no ser tan estúpidos otra vez?

Jus sonríe y le pasa un brazo sobre los hombros.

—Me gusta el plan.

Transcripción de las noticias nocturnas, 21 de mayo

Presentador: Buenas noches, y bienvenidos a las *Noticias Nocturnas del Canal 2.*

En nuestra nota principal, los investigadores dicen que el incendio en el hogar del exoficial de la policía de Atlanta Garrett Tison fue desatado de forma deliberada.

Investigador: Un incendio provocado fue nuestra primera sospecha debido a la cantidad de amenazas telefónicas que ha recibido la señora Tison desde la detención de su esposo. Ahora podemos confirmar que este incendio fue iniciado desde afuera.

(*Corte a una imagen de los restos incinerados de la casa.*)

Presentador (voz en *off*): La policía ha aprehendido a tres adolescentes que fueron vistos en la zona la noche del incidente. Beverly Tison, esposa de Garrett, sufrió múltiples quemaduras de segundo grado y está en condiciones graves.

Presentador (*continúa*): El juicio de Tison, relacionado con el tiroteo de enero que dejó a un adolescente muerto y a otro herido, está programado para iniciar en aproximadamente cinco semanas.

Más al respecto conforme se desarrolle la noticia.

CAPÍTULO 21

En realidad, Jus no se sorprende cuando un par de polis se les acercan a él y a su mamá tras la ceremonia de graduación de la preparatoria Bras. Dado que el truco de Blake de "Justyce me agredió" no tuvo efecto —hasta los expertos televisivos tuvieron los sesos para ignorar a un chico al que habían fotografiado usando una túnica del KKK—, Jus pensó que solo era cuestión de tiempo antes de que lo acusaran de algo más.

Y tenía razón: apenas doce horas después de que se diera la noticia de que el incendio de la casa de Garrett Tison había sido provocado por alguien en el exterior, los mismos reporteros que habían instigado el "Matón-Gate" estaban especulando sobre su "posible participación en la conspiración incendiaria". A pesar de que no ha tenido nada que ver, lleva cuatro días esperando que alguien —policía, reportero, turba enardecida— vaya a buscarlo.

Lo malo es que aún está vestido de toga y birrete, rodeado de sus compañeros y sus familiares, cuando al fin sucede.

—¿Justyce McAllister? —dice la mujer. Es negra. Trae camisa y pantalón de vestir. La placa en el cinturón.

—¿Sí?

—Soy la detective Rosalyn Douglass, y él es el oficial Troy. —Señala al blanco de uniforme—. ¿Le importa que le hagamos unas preguntas?

Su mamá se interpone y se cruza de brazos.

—Yo soy su madre y él es menor de edad. ¿En qué les puedo ayudar, oficiales?

—No pretendemos hacerle mal a su hijo, señora —dice el oficial Troy—. Solo tenemos algunas pre...

—No tienen mi consentimiento.

Detective: Señora, su hijo tiene diecisiete años, y por lo tanto es un adulto según el código penal de Georgia.

—Mi hijo no es un delincuente, así que ese código no aplica para él.

La detective suspira y mira a su alrededor antes de dar un paso al frente y bajar la voz.

—Señora, sabemos que hoy es un día importante para su hijo. Estamos tratando de no armar una escena. Si está dispuesto a cooperar y contestar unas preguntas, podríamos evitar que esto pase a mayores.

—Déjenme adivinar —dice la mamá de Jus—. ¿Tú eres la policía buena y el blanco es el malo?

—Ya para, ma —dice Jus—. Hay que oír qué quieren para podernos i...

—¿Tienen idea del infierno que la gente como ustedes le ha hecho vivir a mi muchacho? Lo acusaron en falso y lo arrestaron ilegalmente. Perdió a su mejor amigo. Le dispararon...

Detective: Somos muy conscientes del historial de su hijo, señora McAllister. Nuestro objetivo es que esto sea lo menos doloroso posible.

Jus: ¿De qué se trata todo esto?

Mamá: ¡No dije que pudieras hablar con esta gente, Justyce!

Jus: Ma, si ellos me quieren tratar como adulto, me voy a comportar como tal.

Su mamá no dice nada. Jus se para al lado de su madre y mira a cada poli a los ojos.

—¿Decían, oficiales?

La detective asiente y el poli blanco saca una libreta.

—Apreciamos su cooperación, señor McAllister.

Justyce casi se ríe.

Detective: La noche del 20 de mayo, hubo un incendio en el hogar de Garrett y Beverly Tison. El incidente inició alrededor de las 11:45 p. m. ¿Sabe algo al respecto?

Jus se encoge de hombros.

—Solo lo que he visto en las noticias.

La detective entorna los ojos, y Justyce se pregunta si estará demasiado relajado. Está diciendo la verdad, por supuesto, pero ella obviamente no lo sabe.

La detective Douglass le examina la cara, lo que lo hace sentir como una cucaracha debajo de una lupa.

—¿Nos disculpa un momento? —dice mientras le hace un gesto al oficial.

—Claro.

En cuanto se alejan, su mamá lo enfrenta.

—No me gusta nada que me hables en ese tono frente a esos policías. Debiste haber dejado que yo me encargara.

—Sin ofender, mamá, pero no creo que sea algo de lo que te puedas "encargar".

—Bueno, si te hubieras callado la boca…

—¿Te das cuenta de que en cuanto dijeron que yo no necesitaba tu consentimiento, negarme a hablar con ellos habría significado que tenía algo que esconder? Cumplo dieciocho en tres semanas y me voy a la universidad en diez. No me puedes proteger para siempre.

Su mamá se queda boquiabierta, pero antes de que tenga oportunidad de responder, los polis regresan.

—Muy bien, Justyce —dice la detective. (Así que ahora lo tutea, ¿eh?)—. Así está la cosa: arrestamos a tres jóvenes a los que filmaron sacando gasolina de algunos coches en el estacionamiento de un Walmart cerca del hogar de los Tison. Dos de ellos… —El oficial Troy le pasa la libreta—. Trey Filly y Bradley Mathers —lee—, te nombraron cómplice.

Jus niega con la cabeza. Pero claro que fueron los de Jihad Negra. No puede creer que haya considerado unirse a esos idiotas.

—Le prometo que yo no tuve nada que ver, detective. La detective asiente.

—Bueno, no estamos seguros de creerles. En primer lugar, ambos ya han intentado implicar a inocentes antes. En segundo, el tercer arrestado no te mencionó, lo cual, considerando las circunstancias, es un poco raro.

—Ok…

—Te voy a hacer una serie de preguntas para las que espero un "sí" o "no" por respuesta. Solo contesta con la verdad y esto debería acabar bastante rápido.

Jus asiente.

—¿Eras consciente de que había una conspiración para incendiar el hogar de Garrett Tison?

—No.

—¿Has tenido contacto con Trey Filly o Bradley Mathers en los últimos dos meses?

—Sí.

Su mamá suelta un gritito ahogado de sorpresa —Jus está seguro de que los conoce a ambos de nombre— y los polis intercambian miradas.

—¿Cuántas veces has tenido contacto con alguno de los dos en los últimos dos meses?

—Una.

—¿Y cuál fue la naturaleza de ese contacto?

Justyce traga saliva.

—Fui a visitar a alguien y ellos estaban ahí.

—¿A quién fuiste a visitar?

—Si no está relacionado con el incendio, ¿qué importa? —interrumpe su mamá.

La detective carraspea. Jus está tan aliviado que podría besar a su mamá.

La detective Douglass continúa:

—¿Tuviste algún contacto con Trey Filly o Bradley Mathers la noche del 20 de mayo?

—Ninguno. No he visto ni hablado con ninguno de los dos desde el 20 de abril.

El oficial Troy arquea las cejas.

—Qué específico.

—Fue un día muy memorable.

—¿Qué fue tan memorable? —pregunta la detective Douglass.

—Algo que no tiene relación con el tema.

Jus siente que su madre lo fulmina con la mirada.

—¿Dónde estuviste la noche del 20 de mayo? —continúa la detective.

—Le puedo asegurar que no estuve cerca de esos tipos ni de ese incendio.

—¿Hay alguien que pueda verificar su paradero?

—S...

—Yo puedo —dice su mamá—. Estaba conmigo.

Jus podría dejarlo ahí. Sabe que podría. Sí, se nota que los polis sospechan de él, pero sabe que para indagar más hondo necesitan permiso de un juez.

Pero ¿mentirle a la policía después de todo lo que ha pasado?

Nah.

—Te estás confundiendo, ma. No estaba contigo. Fuimos a visitar la tumba de papá el 21, no el 20. —Y es verdad.

—Pero...

—El 20 de mayo estaba en casa de mi novia. Celebramos el vigésimo aniversario de bodas de sus padres.

Su mamá no dice nada.

—Ya veo —dice la detective Douglass—. ¿Estará por aquí tu novia para verificarlo?

Justyce se asoma por encima de ella y del oficial, hacia la muchedumbre que se dispersa.

—Sí —dice—. Ella y su mamá vienen para acá.

Su mamá no dice ni jota durante todo el trayecto a casa. Cuando se orilla en la entrada y ella trata de salir, Justyce se estira sobre ella y cierra la puerta con seguro.

—¿Ah, entonces ahora soy tu rehén?

—¿Tienes algo que decirme, ma?

—Definitivamente no.

—¿Segura?

—No tengo nada que decirte, Justyce.

—Bueno, pues yo sí tengo algunas cosas que decirte...

—Qué curioso. En las últimas horas me he enterado de más cosas sobre mi hijo que en los últimos cuatro años, ¿y ahora quiere hablar conmigo?

—Mamá...

—Dime una cosa…, ¿planeabas contarle a tu mamá de esta noviecita tuya algún día?

—Ma…

—Entiendo por qué no quieres revelar tu contacto reciente con los pandilleros del barrio, pero si de verdad te importa esta chica, me parece que por lo menos la habrías mencionado…

—¡Ya sabes por qué no te conté nada, mamá!

Ella no le responde.

—No digo que escondértelo fuera lo correcto. Pero sabía que, sin importar lo feliz que yo estuviera, tú ibas a encontrar algo negativo que decir. ¡En el estacionamiento miraste la mano extendida del señor Friedman como si tuviera la peste!

—No le voy a dar la mano a un blanco, Justyce. No después de lo que te hicieron.

—Pero ¿eso qué resuelve, mamá? El señor Friedman y Garrett Tison son personas completamente diferentes.

Su mamá se cruza de brazos y se vuelve hacia la ventana.

Jus niega con la cabeza.

—Toda mi vida me has incitado a esforzarme para dar lo mejor. Eso es lo que hace SJ, ma. Saca lo mejor de mí.

—No te atrevas a contarte esa mentira, Justyce.

—¡No es mentira!

—Claro que sí. Hace mucho te enseñé que la única persona que puede sacar lo mejor de ti eres tú mismo.

Justyce aprieta el volante.

—Mamá, de no ser por ella, sé que no habría sobrevivido al año escolar. Desde hace diez meses, mucha gente ha estado tratado de derribarme. SJ se esforzó más que nadie por asegurarse de que no cayera.

—Jum.

—Lo creas o no, ella saca lo mejor de mí. Cuando estoy con ella, quiero superarlo todo.

—Entiendo lo que dices, hijo, pero hay muchas mujeres negras brillantes que podrían hacer lo mismo...

Jus suspira. No lo está entendiendo en absoluto.

—Ma, SJ es judía. —Manny se lo dijo a él y era un punto válido, ¿no?—. Sé que tienes problemas con la gente blanca, pero los suyos también han sufrido.

—Eso no importa, hijo. No puedes ver que es judía por su color de piel. Intentaste ayudar a la otra y acabaste esposado. Y su papá es negro, ¿no? En este mundo, si se ve blanca, es blanca.

—Pero no es tan sencillo...

—Sí que lo es. Tú solo te niegas a aceptarlo. Te mandé a esa escuela para que tuvieras la oportunidad de obtener la mejor educación. Pero con estas tonteras que traes en la mollera ahora, me estoy preguntando si fue buena idea.

—Entonces lo que me estás diciendo es que, después de pasarme toda la vida siendo atacado por el color de mi piel, ¿debería rechazar a la chica que amo por el suyo?

Su mamá gira para mirarlo.

—¿La chica que amas? Chiquito, tienes diecisiete años. No sabes nada del amor.

—Tú tenías dieciocho cuando te casaste con papá…

—Y mira cómo salió.

Jus se reclina contra el asiento y cierra los ojos.

Por un minuto, ninguno de los dos dice nada.

Entonces, su mamá solloza.

—¡Ay, ma! No llores…

—Tengo miedo, hijo. Este mundo ya es lo bastante duro para un chico como tú sin ponerle más obstáculos. ¡Ese tipo casi te mata, Justyce! ¿Y por qué? ¿Qué hiciste mal? ¿Oír música que no le gustaba?

Jus no contesta.

No puede.

—Sé que crees que no estoy siendo razonable, pero… no puedo darte mi bendición —dice—. Ya sé que estás grande y vas a hacer lo que tú quieras, pero estás solo en esta, bebé.

—Por favor, ma…

—Como me dejaste claro hace un rato, no te puedo proteger para siempre, ¿no?

Abre la puerta y se baja del auto.

CAPÍTULO 22

Sentado en el estrado de testigos, Jus desearía regresar a los días en los que su mayor preocupación era que su novia no le caía bien a su mamá. El interrogatorio del fiscal de distrito —el señor Rentzen— va muy bien, y su mamá, Doc, los Rivers y los Friedman están todos en la sala para apoyarlo. Pero ¿testificar con el asesino de su mejor amigo, que lo fulmina con la mirada a veinte pies de distancia? Es lo más difícil que ha tenido que hacer en su vida.

Para cuando el señor Rentzen termina con sus preguntas, la corte ha oído la trágica historia de dos chicos afroamericanos destinados a estudiar en la universidad, baleados en un semáforo por un hombre blanco furioso que usó un insulto racista y les disparó con su arma cuando no cedieron a sus demandas.

Jus, con lágrimas en los ojos, cuenta los últimos minutos en la vida de Manny, y por un instante se siente tentado a relajarse, sobre todo cuando Doc le hace seña con el pulgar hacia arriba desde su asiento.

Pero entonces la abogada de la defensa, una señora blanca y bajita, de pelo rubio y nariz respingada, se acerca al podio. Cruzan miradas.

Se nota que quiere sangre.

—Señor McAllister —comienza calmada y serena—. ¿No es verdad que, al inicio de su historia, usted declaró que usted y Emmanuel Rivers solo estaban "paseando por ahí"?

—Lo es.

—Pero ese no era su plan original, ¿o sí?

—No estoy seguro de entender su pregunta —dice Jus.

—Cuando el señor Rivers lo recogió en su dormitorio el 26 de enero, usted no tenía idea de que se iba a subir a su auto solo para "pasear por ahí", ¿o sí?

—No.

—Así que tenían otros planes.

Jus traga saliva.

—Así es.

—¿Cuáles?

—Íbamos a hacer senderismo.

—Pero no fueron a hacer senderismo, ¿o sí?

—No.

—Emmanuel Rivers ya no tenía ganas de hacer senderismo, ¿es correcto?

—Este…

—Permítame recordarle que está bajo juramento, señor McAllister.

Jus carraspea.

—No. Manny ya no tenía ganas de hacer senderismo.

—¿Le mencionó por qué?

—Es correcto.

—Había recibido una llamada esa mañana, ¿es correcto?

—Sí, es correcto.

—¿Y usted conoce el motivo de esa llamada?

Jus suspira y deja caer la cabeza.

—Sí.

—Lo siento, no lo puedo escuchar si no habla hacia el micrófono. ¿Lo podría repetir?

—Dije que sí.

—¿Que sí qué, señor McAllister?

—Que sí conozco el motivo de esa llamada.

—Instrúyanos, por favor.

Jus se vuelve para mirar al señor Rivers, que tiene la mandíbula tan apretada que no le sorprendería que se rompiera los dientes.

—Había recibido una llamada del padre de su amigo —dice Jus.

—Eso es un poco vago. Estoy seguro de que puede ser más específico. ¿Qué habría podido mencionar el padre de su "amigo" que le resultara tan perturbador como para que ya no tuviera ganas de hacer senderismo?

Jus también aprieta los dientes.

—Un desacuerdo.

—¿Un "desacuerdo" entre quién y quién?

—Entre Manny y su amigo.

—Muy interesante. —Hojea sus papeles en el podio—. Su Señoría, me gustaría presentar como evidencia un informe policial, emitido el 26 de enero, que declara que Emmanuel Rivers *agredió* físicamente al señor Jared Christensen el lunes 21 de enero.

El señor Rivers le está disparando dagas con la mirada.

—No fue así para nada —dice Jus.

La abogada arquea las cejas.

—Ah, ¿no?

—No.

—¿Qué parte del informe es incorrecta?

—Manny no agredió a Jared.

—Entonces ¿usted presenció ese "desacuerdo"?

Jus baja la cabeza de nuevo.

—No.

—No lo oímos, señor McAllister...

—Dije que no.

—Así que no puede estar seguro de que el señor Rivers no haya atacado al señor Christensen.

—Manny no era así.

—¿Así como?

—Nunca habría agredido a nadie sin provocación.

—Está insinuando que hubo una provocación.

—Sí. La hubo.

—¿Por qué está tan seguro?

—Porque Manny me dijo...

Jus ve a SJ cerrar los ojos y se percata de su error.

—Digo...

—¿Así que el señor Rivers sí le informó que había agredido a Jared Christensen?

Jus no contesta.

—¿Señor McAllister?

Justyce solo se le queda viendo.

—¿Su Señoría?

—Conteste la pregunta, señor McAllister —dice el juez.

Justyce carraspea.

—Sí. Manny me contó que Jared hizo un chiste inapropiado, así que le pegó.

—¿Quién le pegó a quién?

—Manny le pegó a Jared.

—Ajá —asiente la abogada—. Suena a una circunstancia muy familiar, ¿no, señor McAllister?

—Objeción —dice el señor Renzen—. La pregunta es ambigua.

—Ha lugar —dice el juez.

—Lo reformulo —dice la abogada—. Usted estuvo involucrado en un altercado similar la noche del 18 de enero, ¿es correcto?

—Tendrá que ser más específica —dice Jus.

La abogada no pierde el ritmo.

—Tengo aquí una declaración del señor Blake Benson en la que afirma que usted lo agredió a él y a Jared Christensen, sin provocación alguna, en casa del señor Benson la noche del 18 de enero.

SJ se muerde el labio.

—¿Niega esa acusación, señor McAllister?

—No fue sin provocación.

—¿Está diciendo que no agredió a Blake Benson en su fiesta de cumpleaños?

—No...

—Entonces sí agredió a Blake Benson y a Jared Christensen.

—Bueno, sí, pero me provocaron.

La abogada sonríe.

—Usted llegó a casa de Blake Benson acompañado por Emmanuel Rivers y, en menos de diez minutos, había iniciado una pelea con el señor Benson, ¿es correcto?

—Yo no inicié la pelea. Fue él.

La abogada mira hacia el podio.

—Aquí dice que el señor Benson les pidió a usted y al señor Rivers que fueran a conocer a una joven en la que estaba interesado. ¿Es eso verdad?

—No.

—Ah, ¿no?

—No estaba "interesado" en ella. Solo se la quería llevar a la cama.

—¿El señor Benson dijo esas exactas palabras?

—No…, pero lo insinuó.

—Ya veo, ¿entonces la joven era amiga suya y usted defendió su honor?

—Yo no la conocía, pero…

—Entonces tenía celos.

—¿Qué? ¡No!

—Por alguna razón, no le gustó que Blake Benson quisiera llevarse a esa chica a la cama. ¿Así que lo agredió?

—No, no fue así.

—Ah, es cierto. Jared Christensen se acercó a defender a Blake Benson, a quien usted estaba amenazando en su fiesta de cumpleaños, así que los agredió a ambos.

—¡Eso no fue lo que pasó!

—Mantenga la compostura, señor McAllister —dice el juez.

Jus respira hondo y mira a SJ. Ella asiente.

—Dígame una cosa —dice la abogada—. Después de que usted atacara a Jared Christensen y Blake Benson, Emmanuel Rivers lo regañó a usted, ¿es correcto? Se puso del lado de las víctimas de su agresión no provocada…

—Ya le dije que yo no los ataqué.

—Bueno, está claro que no le deseó un feliz cumpleaños al señor Benson, ¿o sí?

—Intercambiamos palabras que llevaron a un altercado.

—¿Puede ser más específico, señor McAllister?

Jus vuelve a mirar a Garrett.

—Han pasado muchas cosas desde entonces. No recuerdo muy bien.

—Mmm… ¿le cuesta recordar por sucesos más recientes o porque estaba ilegalmente intoxicado?

—¡Objeción, su Señoría! —dice el señor Rentzen.

—Denegada.

—¿Había estado bebiendo la noche del 18 de enero, señor McAllister? —insiste la abogada.

Jus suspira.

—Sí.

—Y golpeó a Jared Christensen y a Blake Benson, ¿es correcto?

—Estaban haciendo comentarios racistas…

—Con un "sí" o un "no" basta.

Jus siente la mirada de su mamá.

—Sí.

La abogada defensora asiente.

—Señor McAllister, ahora que establecimos que tanto usted como el señor Rivers tenían proclividad a responder violentamente a desaires verbales, volvamos al 26 de enero de este año. ¿Qué tan familiarizado está usted con el Código de Ordenanzas de la ciudad de Atlanta?

—No mucho.

—Su Señoría, me gustaría presentar esto como evidencia. —Saca una hoja de su fajo y se acerca al estrado de los testigos—. Señor McAllister, sea tan amable de leer el Artículo 4, sección 74-133, en voz alta para la corte, por favor. Está subrayado.

Jus mira a la audiencia. Su mamá y la señora Friedman parecen estar a punto de saltar la valla para golpear a la abogada de Garrett.

Justyce lee:

"A partir de ciertos niveles, el ruido o la perturbación por ruido resulta en detrimento de la salud y el bienestar de la ciudadanía y del derecho a un disfrute pacífico y tranquilo. Por lo tanto, se declara que es política de la ciudad prohibir las perturbaciones por ruido provenientes de cualquier fuente".

—¿Diría usted que su música alta violaba esta ordenanza, señor McAllister?

—¿Qué tiene que ver esto con que su cliente nos disparara a mí y a mi mejor amigo?

—Señor juez, por favor recuérdele al testigo que yo soy la que hace las preguntas.

Ahora hasta Doc se ve furioso.

—Cuidado con su tono, señor McAllister —dice el juez.

—Mi cliente es oficial de la ley, señor McAllister. Al negarse a disminuir el volumen de su música, ustedes estaban en oposición directa a una orden policial.

—No sabíamos que fuera policía. No nos mostró su placa…

—Y, sin embargo, la ordenanza declara claramente que las perturbaciones por ruido violan el derecho ajeno a la paz y la tranquilidad. Pero, por supuesto, a usted y a su amigo no les importaban en absoluto los derechos de nadie más, ¿o sí?

Jus no contesta.

—Señor McAllister, ¿acaso su amigo, Emmanuel Rivers, subió el volumen de la música cuando le pidieron que lo bajara?

—Sí.

—¿Acaso la música que escuchaban contenía el verso "ya viene lo bueno; que suene el cañón"?

—Sí, pero eso está fuera de contex...

—¿Acaso el señor Rivers usó lenguaje altisonante e hizo una seña obscena hacia mi cliente que usted mismo habría percibido como una amenaza?

—No sé qué haya pensado su cliente. No soy él.

—¿Está consciente de que mi cliente presenció el asesinato de su pareja a manos de un joven físicamente similar a usted?

—Eso no tiene nada que ver conmigo...

—Ah, pero sí tiene —dice—. Porque usted tuvo contacto con ese joven en marzo, ¿no es así?

Jus suspira. La doctora Rivers cierra los ojos y niega con la cabeza.

—Sí, pero...

—Y ese joven —Quan Banks, me parece que se llama— está conectado con un grupo de jóvenes con extenso historial criminal y reconocida afiliación a una pandilla, ¿no es así?

—Sí, pero…

—Y usted se reunió con esos jóvenes poco tiempo antes de que deliberadamente incendiaran la casa de mi cliente, ¿es correcto?

—Lo es, pero yo no tuve nada que ver con eso…

—No tengo más preguntas, su Señoría.

Garrett Tison: ¿ASESINO?

AÚN NO HAY UN VEREDICTO
Por: Ariel Trejetty

La mañana de ayer, un jurado de Georgia declaró al exoficial de la policía de Atlanta, Garrett Tison, culpable de tres de los cuatro cargos relacionados con el incidente de este enero en el que lo acusaron de dispararles a dos adolescentes tras una discusión por el volumen de su música.

Tras veintisiete horas de deliberación, Tison fue condenado por dos delitos menores —alteración del orden público y descarga de pistola cerca de una autopista pública— y por agresión agravada, el menos serio de los dos delitos mayores que se le imputaban. El jurado no consiguió llegar a un consenso sobre el cargo de homicidio, por lo que se declaró un juicio nulo.

Tison testificó que temía por su vida, citando veintisiete años de experiencia policial para demostrar su capacidad de detectar una amenaza genuina. Si bien su declaración de que los adolescentes tenían un arma no fue apoyada por la evidencia, la revelación de la conexión entre el adolescente superviviente, Justyce McAllister, con reconocidos pandilleros, incluyendo a Quan Banks,

224

de dieciséis años y acusado de asesinar a la pareja de Tison el pasado agosto, arrojaron sombra sobre el proceso.

El señor Tison volverá a ser enjuiciado por homicidio y será sentenciado por los cargos de los que fue declarado culpable en una fecha futura.

CAPÍTULO 23

Ya pasaron dos días.

Dos días enteros, y las palabras "incapaces de llegar a un veredicto", "juicio nulo" y "fecha futura" siguen rebotando en la cabeza de Jus.

Él y SJ han estado viendo National Geographic casi sin parar desde que regresaron del anuncio del veredicto, pero, cada vez que parpadea, Jus ve al tercer jurado desde la derecha en la fila del fondo, mirándolo como si él fuera quien debería ser enjuiciado por homicidio.

Un jurado indeciso.

Sin veredicto.

Sin sentencia.

Otro juicio.

SJ suspira como si pudiera leerle la mente. Está tirada en el sofá con la cabeza apoyada en sus piernas, viendo un documental sobre la migración de las mariposas monarcas, pero Jus duda que lo esté viendo de verdad. Nada en el mundo frustra más a Sarah-Jane Friedman que la injusticia.

Es un asco. En dos semanas, se supone que él y su preciosa chica se suban a su auto para partir al norte por la costa este. Se supone que vayan primero a Yale para instalar a Jus en el dormitorio. Su mamá quería ir, pero no se puede librar del trabajo, así que solo estarán ellos dos. En cuanto Jus quede bien instalado, deben tomar el tren de New Haven a Nueva York, donde se encontrarán con el señor y la señora Friedman para instalar a SJ en Columbia.

Se supone que sigan adelante. Que inicien el siguiente capítulo. Que nunca miren atrás.

Pero en algún momento de los próximos seis meses, va a tener que regresar. Va a tener que revivir aquella tarde en la que le dispararon y perdió a Manny.

Otra vez.

—¿Qué piensas? —pregunta SJ.

Podría contarle, pero, a juzgar por sus ojeras, ya tiene suficientes preocupaciones.

—Solo que eres lo mejor que me ha pasado en la vida —dice.

—Dios santo, Jus. Bájale a la comedia romántica. Me empalaga.

Jus se ríe, ella sonríe y, por un instante, todo está bien.

Pero claro que no dura.

—Jus, creo que odio todo —dice SJ—. ¿Por qué no podemos llevarnos bien, como las mariposas?

Él le acomoda el pelo detrás de la oreja. Trata de concentrarse en la tele, donde capas y capas de monarcas cubren los árboles de algún bosque en México. Si bien aprecia el sentimiento, Jus se pregunta si se dará cuenta de que todas esas mariposas se ven exactamente iguales.

Suena su teléfono. Es el señor Rentzen.

Rechaza la llamada. Cuanto más tiempo pueda pasar sin tener que hablar con el fiscal de distrito, mejor.

Ahora en lo único que puede pensar es en lo agotado que se veía el señor Rivers cuando se despidieron en el tribunal. Por mucho que Jus deteste que la muerte de su mejor amigo quedara minimizada por el jurado indeciso, no puede ni empezar a imaginarse por lo que estarán pasando sus papás.

Su buzón de voz timbra.

Luego, un mensaje de texto: "Justyce, llámame en cuanto puedas".

Jus lo borra.

El teléfono vuelve a sonar.

—¿Quién es? —pregunta SJ.

—Rentzen.

Jus rechaza la segunda llamada.

—Ay, Dios —dice SJ—. ¿Podemos cambiar tu número?

La señora F llega desde la cocina con el teléfono en la oreja.

—Justyce, el señor Rentzen está tratando de comunicarse contigo… ¿Qué dice? —pregunta al teléfono. Se le desorbitan los ojos—. No lo dices en serio, Jeff.

Eso no puede ser bueno.

SJ se sienta.

—¿Mamá? ¿Qué pasa?

La señora F levanta el índice y sigue hablando por teléfono.

—Ajá… Dios mío… Esto es… ¿Y los perpetradores? No lo puedo creer, Jeff…

Justyce no puede respirar. Deja caer la cabeza contra el sofá y cierra los ojos.

—Mamá, ¿puedes seguir en otro lado? —dice SJ con una mano sobre la rodilla de Justyce—. ¡Le vas a provocar un infarto a Jus!

—Luego te devuelvo la llamada, Jeff. Tengo que hablar con los chicos… Sí… Estrictamente confidencial, comprendo.

Las cosas no pueden empeorar, ¿o sí?

La señora F cuelga.

—¿Mamá?

—No habrá segundo juicio —dice la señora F.

Jus se levanta de un brinco y SJ le toma la mano.

—¿Qué?

La señora F mira el teléfono en su mano. Luego los mira a ellos.

—Garrett Tison está muerto.

Transcripción de las noticias matutinas, 9 de agosto

Bienvenidos a *Buenos días, Atlanta*, en Fox 4.

En nuestra historia principal de hoy, apenas cuarenta y ocho horas después de que se declarara un juicio nulo en el proceso en su contra, el exoficial de la policía de Atlanta, Garrett Tison, fue encontrado muerto en su celda, en la cárcel del condado de Clarke.

Aunque los detalles del incidente aún no son públicos debido a la investigación en curso, se sabe que tres hombres están implicados en el asunto, dos de los cuales ya esperaban juicio por homicidio.

En una declaración dirigida a la policía, la abogada de Garrett Tison afirmó haber recibido una llamada del señor Tison en la que acusaba a los guardias de negarse a ponerlo en aislamiento, a pesar de sus quejas de haber recibido amenazas.

La oficina del *sheriff* también está llevando a cabo una evaluación administrativa interna.

Más al respecto conforme se desarrolle la noticia.

25 de agosto

QUERIDO MARTIN:

Pues aquí estoy, en la ilustre Universidad de Yale.

De hecho, te estoy escribiendo debajo de una foto tuya que SJ colgó encima de mi escritorio. Fue un regalo de despedida de Doc.

Tengo que serte honesto, Martin: tu foto me está poniendo un poco incómodo.

De hecho, no. Me retracto. No es tu foto. Es estar en esta escuela.

Han pasado muchas cosas desde la última vez que te escribí, y no he tenido tiempo de procesar la mayoría. Es difícil de creer que, hace exactamente un año, estaba empezando este experimento.

Lo que se me hace más interesante tras leer las cartas es que no logro entender qué estaba intentando lograr. Sí, quería ser como Martin, pero ¿para qué? No estaba tratando de mover montañas de injusticia ni de luchar por la igualdad de derechos para las masas...

Así que, ¿qué era lo que intentaba lograr? Llevo días pensándolo y no se me ocurre una respuesta.

Por un lado, siento que debería darte las gracias. Aunque ha habido estudiantes negros en Yale desde la década de 1850, dudo que estuviera aquí si no fuera por todo lo que hiciste para "desafiar el *statu quo*", como dijo Doc.

Sin embargo, por otro lado, me siento muy fuera de lugar. Estoy en un apartamento para cuatro personas, con una sala y dos habitaciones y, mientras me instalaba en mi cuarto, mi compañero llegó con toda la pinta de haber salido de un anuncio de Ralph Lauren. Un tipo blanco, rubio y de ojos azules, con el cabello peinado hacia un lado en una raya, vestido con una polo blanquísima metida en unos pantalones cortos a cuadros y un par de mocasines con borlas. Después de mirar tu foto unos segundos y de dedicarme una de esas miradas que harían que los chicos de mi barrio lo golpearan, por fin estiró la mano.

—Roosevelt Carothers —dijo.

Y, bueno, Martin, traté de no juzgar la revista por la publicidad, pero estar ahí con ese tipo mirándome con su nariz respingada me hizo querer quedarme con Jared Christensen (él también entró a esta escuela). Por lo menos con él sé a lo que me enfrento.

¿Pero este Roosevelt?

—Y bueno, de dónde eres... ¿es Just-ICE? Rima con *price*?

Martin...

—Es Justice, viejo. Pero con "y". Soy de Atlanta.

Todo fue cuesta abajo a partir de ahí, porque ató cabos: mi nombre y mi cara estuvieron en las noticias hasta hace como una semana. Luego, cuando SJ regresó del baño y la presenté como mi novia, la actitud del tipo cambió para peor. Sé que no me lo imaginé, porque en cuanto se fue, SJ dijo:

—¿Qué rayos le pasa?

Martin, ya no... Nunca se va a terminar, ¿verdad? No importa lo que haga, por el resto de mi vida voy a acabar en situaciones así, ¿verdad? Eso fue exactamente lo que el señor Julian nos contó a Manny y a mí, pero parte de mí todavía no lo quiere creer.

Y, bueno, démosle el beneficio de la duda, quizá lo estoy volviendo un asunto racial y no lo es. Admito que tengo el filtro un poco sesgado después de los últimos ocho meses... Corrección: después del último año.

Pero ahí está el detalle, Martin. No puedo NO notar cuando alguien me considera inferior, y ahora mi mente piensa automáticamente en la raza.

No tengo idea de qué hacer al respecto.

Lo que me lleva de vuelta al principio: ¿Cuál era mi objetivo con eso de Ser Como Martin? ¿Estaba tratando de ganar respeto? (Fracaso). ¿Estaba tratando de ser "más aceptable"? (Fracaso). ¿Creía que así no me metería en problemas? (Fracaso total). En serio, ¿cuál era la intención?

Lo que sí sé es que acabo de pasar de ser uno de los tres estudiantes negros en una generación de ochenta y dos a ser uno de... bueno, muy, muy pocos en un número mucho más grande. Sí, Garrett Tison ya no existe, pero

como dijo el señor Julian, el mundo está lleno de gente
que siempre me considerará inferior. Mi compañero de
cuarto Roosevelt lo acaba de demostrar.

No dejo de pensar en algo que me dijo Doc durante
el "Matón-Gate": Si nada cambia jamás, ¿qué tipo de
hombre seré yo? Lo he estado rumiando los últimos días
y me he empezado a preguntar si quizá mi experimento
fracasó porque estaba planteándome la pregunta
equivocada.

Cada vez que me enfrento a algo, pregunto
"¿Qué haría Martin?", y nunca se me ocurre una
respuesta real. Pero, si sigo la idea de Doc "¿Quién
sería Martin?", la respuesta es fácil: serías tú mismo.
El eminente MLK: pacifista, difícil de desanimar y
firme en sus creencias.

Y quizá ese sea mi problema: todavía no averiguo
quién soy yo ni en qué creo.

Encontré una carta que le escribiste al editor del
Atlanta Constitution, en la que decías: "Nosotros
[las personas negras] queremos y merecemos los
derechos y oportunidades básicos de los ciudadanos
estadounidenses...". Es de 1946, lo que significa que
tenías diecisiete años cuando la escribiste. Es la misma
edad que tenía yo cuando pensé exactamente lo mismo
por primera vez.

No estoy seguro de si a los diecisiete ya eras
el Martin con el que está familiarizado el mundo
(seguramente no, ¿verdad?), pero saber que tenías mi

edad me da esperanzas de que quizá solo me falte un poco de tiempo para resolver mis asuntos.

Al menos, eso espero. Si no, estos cuatro años se van a hacer larguísimos. Y el resto de mi vida.

En fin, me tengo que ir. SJ y yo tenemos que tomar un tren.

Gracias por todo.

Hasta la próxima,
Justyce

CUATRO MESES DESPUÉS

Ya hay alguien parado junto a la tumba de Manny cuando Justyce se acerca. Una parte de él quiere irse a sentar en el auto hasta que la persona se vaya, pero sabe que eso no es lo que querría Manny.

—¿Qué hay? —dice Jus al llegar junto a él.

EMMANUEL JULIAN RIVERS
HIJO AMADO
"AHORA SIENTEN TRISTEZA, PERO YO LOS VOLVERÉ
A VER Y SU CORAZÓN SE LLENARÁ DE ALEGRÍA".

Jared se vuelve para mirarlo y luego devuelve la mirada a la lápida. Se limpia las lágrimas.

—¿Cómo estás, viejo?

—Perdón por interrumpir —dice Jus.

—No pasa nada. Es lindo estar acompañado. Feliz Navidad, por cierto.

—Igualmente.

Jared exhala. Sale vaho frente a él.

—Todavía lo extraño muchísimo, viejo —dice con la voz quebrada—. Ha pasado casi un año y todavía no puedo… Perdón, viejo, tú no quieres oír esto.

—Nah, no te preocupes. —Ahora Jus tiene los ojos húmedos—. Te entiendo, socio. En serio.

—Nunca me irá a visitar a la universidad ni será el padrino de mi boda. —Jared niega con la cabeza—. Cuando llegué a los dormitorios por primera vez, mi compañero de cuarto ya estaba instalado. Me mira y dice: "¿Qué onda, hermano? Soy Amir Tsarfati. Me puedes decir AT".

La imitación que hace Jared le saca una risa a Justyce. AT fue su compañero en el laboratorio de química el último semestre.

—En fin, tenía música puesta, y no me lo vas a creer, Justyce, pero su *playlist* abarcaba desde Deuce Diggs hasta Carrie Underwood.

—¿En serio?

—Sí, viejo. Pensé: "A Manny le encantaría este tipo". —Suspira de nuevo—. Es difícil. Mi abuela se murió cuando yo era niño y mi mamá me dijo: "Sigue viva en el interior de toda la gente que la quiso". Tal vez suene tonto, pero de verdad quiero que eso sea cierto con Manny. Por eso vengo cada vez que estoy en casa. Él fue mi primer amigo de verdad. Creí que íbamos a envejecer juntos y eso.

Jus no contesta. No hay nada que decir.

Se quedan callados unos minutos. Luego:

—Qué bueno verte, viejo —dice Jared.

—Igual, hermano. —Y lo dice en serio.

—¿No es raro que no nos veamos más en la escuela? Jus se encoge de hombros.

—Es un lugar bastante grande.

—Cierto. ¿Cómo crees que te haya ido con Marroni?

—Bien. A- en el peor de los casos.

—Me lo imaginé —contesta Jared con una sonrisa. Lo que le saca una a Jus. Una chiquita.

—Entonces... —Jus carraspea—. ¿Ya escogiste una especialidad?

—Sí —dice Jared—. Decidí que quiero estudiar derechos civiles aplicados a los negocios...

—¿De verdad?

—Sí. Mi papá casi se caga cuando le conté. En fin, tomé Introducción a Estudios Afroamericanos y me voló los sesos, viejo. Creo que va a ser mi segunda especialidad.

—Wow. Qué bien —dice Jus—. ¿Así que te está gustando Yale en general?

—Me encanta. ¿Qué hay de ti, viejo? ¿Estás disfrutando la experiencia?

—Casi toda. Mi compañero de cuarto es un imbécil, pero no puedes ganarte a todo el mundo, supongo.

—Carothers, ¿verdad?

—Ese mismo.

Jared asiente.

—Estaba en mi clase de cálculo. Me han contado algunas cosas. ¿Pero los demás del apartamento no están mal?

—No, son geniales. Tal vez no sobreviviría sin esos idiotas.

Jared se ríe.

—Genial. Los míos tampoco están mal.

—Me alegra.

—¿Y cómo está SJ?

Jus no puede evitar sonreír.

—De maravilla, socio. Le encanta Nueva York.

—¿Siguen juntos y con ganas?

—Uf, sí. Esa chica va a ser madre de mis hijos algún día.

Jared se ríe aún más fuerte.

—Genial.

—No le digas que te dije. Nunca me lo perdonaría.

—Mi boca es una tumba.

—¿Tú ya tienes chica por allá?

—No, hermano. Hay muchos peces en el mar. No me puedo limitar.

Jus bufa burlón.

—Suenas como Manny.

—Pffft. Ojalá. Él era un titán con las chicas.

—De verdad que sí.

Se asienta un silencio cómodo. Los dos miran la lápida. Sopla un viento frío a su alrededor. Jus tiene la sensación de que las iniciales grabadas en la correa de su reloj se marcan contra su muñeca antes hinchada.

—Deberíamos *janguear* un día de estos —dice Jus—. Vente a Nueva York un fin de semana o algo.

Pasa un momento antes de que Jared responda con una sonrisa:

—Me encantaría, Justyce.

Jus lee la inscripción en la lápida de Manny: "Los volveré a ver y su corazón se llenará de alegría".

—A mí también, Jared —dice—. A mí también.

AGRADECIMIENTOS

No tengo que decir que este proyecto requirió mucho tiempo, esfuerzo y energía. Esta es mi lista de agradecimientos a las personas más involucradas:

1. A Dios, por todo.
2. A Nigel, por creer en mí y encargarse de los niños.
3. A Pop, Marcus, Jeff, Jason, Jordan, Rachel W., Tanya, Shani, Becky, Reintgen, Michael, Ange, Jay, Wesaun, Elijah, Sarah H., Brandy, Dhonielle y Brendan por las lecturas y las palabras de aliento.
4. A Jodi, por… Sinceramente, hay demasiadas cosas que enumerar, así que diré que por ti.
5. A Dede, por empujarme y rezar.
6. A Jordan (de nuevo), por mantenerme alerta.

7. A Rena, por ser mi hada madrina, mi agente y mi amiga a la vez, y por nunca dejar que me emocionara antes de tiempo. Y por dejarme ser insoportable. Y terca.

8. A Elizabeth, por ayudar a Phoebe a partirme la cara.

9. A Phoebe, por obligarme a cortar esto a la mitad y por convencerme desde múltiples ángulos. Y por seguirme queriendo aunque me portara como una imbécil. (En serio, no podría haber pedido una mejor editora, Dios mío).

10. A mamá y papá, por traerme al mundo.

11. A Kiran y Milo, por ser las razones por las que lo hago todo.

12. Al Rev. Dr. Martin Luther King Jr., por encender el fuego. Espero haber atizado las llamas para que siga ardiendo.